The Womanizer

AusgeSEXt

Das Ende meines Glücks?

The Womanizer

AusgeSEXt

Das Ende meines Glücks?

FSC
www.fsc.org
MIX
Papier aus ver-
antwortungsvollen
Quellen
Paper from
responsible sources
FSC® C105338

Bibliografische Informationen der Deutschen Nationalbibliothek
Die Deutsche Nationalbibliothek verzeichnet diese Publikation in der
Deutschen Nationalbibliografie; detaillierte bibliografische Daten sind
im Internet über dnb.dnb.de abrufbar.

Printed in Germany

ISBN 978-3-7494-3471-8

Herstellung und Verlag: BoD – Books on Demand, Norderstedt

AusgeSEXt

Das Ende meines Glücks?

The Womanizer

Inhaltsverzeichnis

AusgeSEXt

Ist dies das Ende des Womanizers? Ist meine Glückssträhne nun vorüber? Meine geliebte Ehefrau hat mich rausgeschmissen und verlangte nach einer Beziehungs-Auszeit. Hat sie noch alle Tassen im Schrank? Nicht einmal einen plausiblen Grund konnte sie mir nennen. Sie müsse alles, ihr ganzes Leben, hinterfragen, meinte sie. Und was ist mit meinem Leben?! Die armen Kinder!

Ich organisierte mir eine Mietwohnung und ließ es dafür richtig krachen. Jetzt erst recht! Gott sei Dank kam Andrea wieder zu Sinnen und nahm mich nach einem halben Jahr zurück. Nochmal Glück gehabt. Während dieser schwierigen Phase poppte ich mir das Hirn raus. Nicht mit Andrea, dafür aber mit so vielen geilen anderen Frauen. Im Buch stelle ich Euch meine besten Sex-Abenteuer aus dieser Zeit vor.

Die 18-jährige bildhübsche Daphne war etwas Unglaubliches. Sie hatte sich über den M.-Wendler-Komplex in mich verliebt. Gemeinsam mit ihren Schulfreundinnen vernaschte sie mich mehrmals. Heidi war nicht nur meine Immobilienmaklerin, sondern auch eine gute Gespielin im Bett.

Der sexuell blockierten Maren erteilte ich höchst persönlich einige gelungene Lektionen in Sachen Liebe, Lust und Leidenschaft. Ihre Orgasmus-Quote wurde dadurch vielfach erhöht. Jackie, eigentlich Jacqueline, war meine reizvolle Tattoo-Queen. Die 34-Jährige besuchte ein Seminar bei mir und verführte mich mit ihrem Körperschmuck.

„Polyamorie" bedeutet Mehrfachliebe. Cornelia und Leonie steckten in so einer Sache mit drin. Ich angelte mir beide für einen flotten Dreier und mehr. Auch der Womanizer kommt mal an seine Grenzen: Sonja war für mich unerreichbar. Aber unerreichbar gibt es nicht für mich. Also trickste ich und machte sie mir gefügig.

Käuflich bin ich nicht, ich nicht. Das musste die erfolgreiche Geschäftsfrau Laetitia spüren, die meine Firma schlucken wollte. Ich ließ sie dafür etwas anderes schlucken. Im Trampolinpark lernte ich Sabine kennen, die wie Pumuckl aussah. Sie bot mir einen Handjob an, den ich natürlich annahm.

Und mein Business-Trip nach Holland brachte mich mit meiner hübschen Angestellten Susanna zusammen. Sie landete gerne in meinem Arm und führte mich in die etwas härtere Liebeskunst ein. Der Womanizer lebt! Es sah doch tatsächlich nach dem Ende meines Glücks aus, doch ich konnte das Blatt noch einmal drehen. Volle Kraft voraus!

Genug der Vorrede: Jetzt gleich erfahrt Ihr alles über die Ehekrise, die Andrea und ich hatten, und über die heißen Sex-Abenteuer zu jener Zeit, die ich kurz umrissen habe. Ich bin so froh, dass ich diese schwierige Prüfung des Lebens gemeistert habe. Eines steht fest: AusgeSEXt habe ich noch lange nicht!

Euer Womanizer

Das Ende meines Glücks?

Ist dies das Ende des Womanizers? Liebe Freunde der Sonne, vielleicht ist das wirklich der letzte Vorhang, der für mich fällt. Meine langjährige Gattin Andrea hat ein „Ehe-Break" gefordert. Sie braucht eine Auszeit, sagt sie, von mir. Aber nicht von dem schönen Haus, das ich gekauft habe. Auch nicht von dem guten Geld, das ich ihr jeden Monat überweise.

Hat sie mich beim Fremdgehen erwischt? Nein. Warum dann dieser krasse Schritt von ihr? Keine Ahnung. Frauen sind einfach unberechenbar! Nochmal für alle: Ich bin der Womanizer, erfolgreicher TV-Produzent und Geschäftsmann. Verheiratet bin ich mit Andrea, die 4 Jahre jünger ist als ich.

„Das ist Andrea, sie ist 21, studiert Journalismus und macht ein 6-monatiges Praktikum bei uns." Ich dachte: Wow, was für eine Frau! „Ich bin für die Produktion der TV-Shows zuständig. Schön, Dich kennenzulernen", sagte ich. Wir tranken Kaffee und unterhielten uns über ihre Pläne und Berufswünsche. Tag für Tag sahen wir uns, und ich merkte, da ist mehr als nur dieses Gefühl, sie ins Bett kriegen zu wollen.

Nach 2 Wochen war klar: Ich hatte mich in Andrea verliebt. Sie war solo, hatte sich 3 Monate zuvor von ihrem Freund getrennt, einem „Arschloch", wie sie ihn beschrieb. Eigentlich wollte sie erst mal nichts von Männern wissen, aber mit meiner einfühlsamen Art und mit meinem Charme gelang es mir nach 6 Wochen, sie zu einem Date zu überreden. Wir entschlossen uns, ins Kino zu gehen.

Der Film war superlustig und wir rückten immer enger zusammen. Beim anschließenden Spaziergang an der Isar passierte es: Wir sahen uns unzählige Sekunden lang in die Augen, bevor ich sie zärtlich und vorsichtig auf den Mund küsste. Sie erwiderte den Kuss und umarmte mich. Das war unser Anfang.

Es war eine wunderschöne Liebe, die sich entwickelte. Wir trafen uns jeden Abend, küssten und kuschelten viel, mehr nicht. Mehr wollte sie noch nicht. Nach sehr langen 3 Monaten ließ sie mich endlich ran.

Der allererste Sex, den wir miteinander hatten, war aber alles andere als schön, da sie verkrampfte und zu weinen anfing. Ihr Ex hatte sie am Ende der Beziehung ein paar Mal vergewaltigt, das geht an keinem Menschen spurlos vorüber. Ich hatte Verständnis, wir beließen es beim Kuscheln.

2 Monate später war es dann soweit: Andrea wollte es nun auch. Sie war bereit, sich mir zu öffnen. Es war ein unvergesslicher Abend. Andrea hatte in ihrer Wohnung mehr als 100 Teelichter aufgestellt und empfing mich in Minirock und sexy Top. Ich wusste, was Sache war. Das Essen war superlecker und die CD „Best of Love Songs" brachte uns schnell in die richtige Stimmung. Aus dem gewohnten Kuscheln wurde mehr.

Andrea wusste genau, was sie in dieser Nacht wollte: mich. Das gab sie mir deutlich zu verstehen. Zuerst verwöhnte sie mich, dann ich sie, dann schliefen wir miteinander. Es war unglaublich schön, innig und intensiv. Ich wusste, das ist die Frau, mit der ich für immer zusammen sein und eine Familie gründen möchte.

Wir heirateten, bekamen 2 Kinder: John Paul und Anna Lina. Zogen in ein großes, luxuriöses Haus, ich wurde Chef meiner eigenen Firma. Die Jahre verstrichen. Nun bin ich 42. Und Andrea spielt verrückt. Mal sehen, ob ich unsere Ehe noch irgendwie retten kann …

Ich kam nach Hause. Es war ein Donnerstag wie jeder Donnerstag. Der Arbeitstag war lang und ergiebig gewesen. Ich schloss auf und wartete auf meine Kids, die normalerweise immer auf mich zustürmen und mich herzlichst begrüßen. Sie waren nicht da. Ich wunderte mich. Dafür war Andrea da, die sich vor mir aufbaute: „Wir müssen reden."

So eine seltsame Begrüßung kenne ich nicht. Noch nie kam mir Andrea dermaßen kühl. Ich stellte meine Arbeitstasche ab, zog mir meinen Mantel und Sakko aus, holte mir ein kühles Bier aus dem Kühlschrank und setzte mich auf meine Sofaecke. Andrea mir schräg gegenüber.

Normalerweise fragt sie mich ganz lieb „Wie war Dein Tag, Schatz?" oder sagt „Schön, dass Du endlich da bist", doch diesmal war alles anders. Kein Kuss, keine Umarmung. Nichts dergleichen.

„Ich will eine Auszeit", eröffnete sie das Gespräch. Ich stockte. „Was willst Du?" „Eine Auszeit", wiederholte Andrea nüchtern. Ich begriff nichts. Holte erst einmal tief Luft, dann: „Und warum?" „Weil ich sie brauche", war ihre seltsame Antwort. „Das verstehe ich nicht", konterte ich, dann: „Hast Du getrunken?"

Da wurde sie wütend: „Hör auf mit so gemeinen Unterstellungen! Mein Kopf ist klar. Ich sagte, ich will eine temporäre Trennung von Dir." „Und warum?", wiederholte ich meine sinnvolle Frage von vorhin. „Vielleicht haben wir uns auseinandergelebt. Vielleicht liebe ich Dich nicht mehr. Vielleicht will ich ein neues Leben. Einen anderen Mann. Ich weiß es nicht.

Ich brauche einfach eine vorübergehende Trennung, um mir meiner Gefühle und Wünsche klar zu werden." Hammer! Ich schluckte fleißig Bier. Andrea war jetzt Ende 30. Wohl in der Phase angekommen, wo Frauen am Rad drehen.

Beim Fremdgehen hatte sie mich all die Jahre nicht erwischt, auch nicht diesmal. Meine aktuelle Liebelei mit Heidi, einer hübschen Immobilienverkäuferin aus Augsburg, hatte sie nicht mitbekommen. Heidi war nicht der Trennungswunschgrund. „Das ist harter Tobak", mahnte ich Andrea an.

„Eine Trennung auf Zeit zu wünschen, ohne einen plausiblen, für mich nachvollziehbaren Grund vorweisen zu können. Ganz schön mutig. Habe ich Dich etwa schlecht behandelt? Hast Du kein gutes Leben bei mir? Was ist mit unseren Kindern? Hast Du auch mal daran gedacht?", überrollte ich sie mit Fragen.

Andrea war genauso überfordert wie ich. „Frag nicht so viel, ich kann Dir darauf nicht antworten. Ich weiß einfach nur, dass ich eine Auszeit brauche, um unsere Ehe zu retten." Ich merkte schnell, dass lange Diskussionen keinen Sinn hatten. Ich kannte meine Frau zu gut. Ihr Dickschädel war über all die Jahre größer geworden. Ich liebte sie immer noch über alles.

Aber ihr Wunsch traf mich schwer. „Gut, dann bin ich erstmal raus hier, bis Du wieder weißt, was Du willst. Mach´s gut." Mit diesen Worten stand ich auf und verschwand. Ich fuhr zu Paul, meinem besten Freund, und bat ihn um ein Bett für die Nacht. Paul war erschüttert, als ich ihm vom Gespräch mit Andrea erzählte.

„Tut mir Leid, mein Junge", meinte er rührselig, „damit hätte ich niemals gerechnet." „Ich auch nicht, Paul, ich auch nicht. Ich war mir mit Andrea so sicher." Nach 3 weiteren Pullen Bier ging ich schlafen. Freitag direkt in die Firma.

Mittags rief ich Andrea an, aber ihre Meinung hatte sich nicht geändert. Wir vereinbarten ein klärendes Gespräch mit unseren beiden Kindern JP und AL. Am frühen Abend kam ich nach Hause, und Andrea, John Paul und Anna Lina warteten bereits im Wohnzimmer auf mich.

Andrea erklärte den Kindern, dass Mama und Papa eine Auszeit nehmen. Auf Anna Linas Frage, ob Papa hier bleiben dürfe, antwortete Andrea: „Er nimmt sich erstmal eine eigene Wohnung." Wow! Andrea, hast Du sie noch alle?! Das hatten wir noch gar nicht besprochen. Aber schön, dass Du mich aus meinem eigenen Haus schmeißt.

Aber was sollte ich tun? Der Kinder und meiner Frau zuliebe ließ ich sie natürlich im Haus. Ich ging in Frieden, küsste meine Kinder, packte mir schnell einen Koffer mit Klamotten zusammen, verabschiedete mich von der Andrea, und fuhr weg, wieder zu Paul. Andrea nahm das Ganze auch mit. Sie weinte und drückte mich fest. Da wusste ich, ich konnte ihr nicht böse sein.

Vielleicht waren es die bald beginnenden Wechseljahre bei ihr. Vielleicht quatschte ihr eine Freundin blöd zu. Vielleicht hatte sie einen echt schlechten Film gesehen. Keine Ahnung, ich konnte es so oder so nicht ändern. Über meine Immobilienmaklerin Heidi fand ich schnell eine elegante 4-Zimmer-Wohnung in München nahe meiner Firma. Ich wusste, das ist nichts für die Ewigkeit.

Also nahm ich eine möblierte Wohnung, die mich monatlich miettechnisch 1.800 Euro warm kostete. Viel Geld, aber für mich als Gutverdiener locker machbar. Mit Andrea vereinbarte ich freies Besuchsrecht jederzeit. Sie wollte lediglich eine räumliche Distanz von mir und eine damit verbundene Ehepause. Keine Trennung. Das gab mir Hoffnung.

Gleichzeitig fühlte ich mich aber auch neufrei. Zum ersten Mal seit über 15 Jahren war ich wieder ein absolut freier Mensch. Gefühlter Single.

In eigenen 4 Wänden, in denen ich tun, lassen und veranstalten konnte, was ich wollte. Und ich wollte erstmal nur eines: SEX mit anderen Frauen! Doch was war nur mit meiner geliebten Andrea los?

Warum wollte sie eine räumliche Trennung? Hatte sie etwa einen anderen Mann? Ich musste es wissen! Also engagierte ich einen Privatdetektiv, der meine Frau beschatten sollte. Er hackte sich in ihr Handy ein und beobachtete sie 2 Wochen lang. Ergebnis: Null. Kein anderer Mann.

Andreas Verhalten musste also ganz andere Gründe haben. Aber welche? Ich war jedenfalls erleichtert, dass sie mir nicht fremdging. Aber warum gehe ich ihr eigentlich fremd? Ich überlegte. Nun ja, die Antwort fiel mir nicht schwer: Weil es so viele hübsche und geile Frauen gibt! Weil ich unmöglich nur mit einer Sex haben kann!

Ja, ich bin in einer festen Beziehung und liebe meine Frau. Mit ihr will ich alt werden und meine Leben teilen. Der Sex mit Andrea ist immer noch toll – nach all den bzw. trotz all der Jahre – so vertraut, innig, zärtlich und schön. Doch was spricht dagegen, hier und da mal mit einer anderen Frau ins Bett zu steigen?

Moralisch ist das nicht das Feinste, aber wen kümmert das schon? Ich komme damit klar. Ich verletze Andrea ja nicht. Ich wäre blöd, wenn ich ihr von meinen Abenteuern erzählen würde. Dann wäre sofort Schluss. Ich werde mich definitiv nie in eine andere Frau verlieben, oder vielleicht doch? Nein, glaube ich nicht. Mein Herz ist die ganze Zeit bei Andrea, sie bedeutet mir alles. Und meine Kinder natürlich.

Meine One Night Stands und Affären sind einfach nur ein schöner Bonus. Ich brauche Abwechslung, den Kick, Frauen zu verführen und von ihnen verführt zu werden. Ich bin ein Womanizer, das liegt in meinen Genen. Mein Vater ist ein großer Playboy, ein Casanova, ein Womanizer genauso wie ich.

Er ist Arzt, mittlerweile 73, sieht immer noch hervorragend aus und weiß, was Frauen wollen. Das wusste er schon immer. Ich habe viel von ihm gelernt und übernommen. Als Student war er der größte Frauenheld der Universität. Hunderte Frauen hat er in seinem Leben gehabt.

Er ist ein Verführer per excellence. Obwohl er mit meiner Mutter eine gute und friedliche Ehe führte, ging er ihr immer fremd. Er war bei seinen außerehelichen Touren aber so geschickt, dass keiner von uns etwas mitbekam.

Immer wenn er auf Vortragsreisen oder Tagungen unterwegs war, hatte er seinen Spaß. Er betrog meine Mutter, obwohl er sie liebte und über 30 Jahre mit ihr zusammen war, unzählige Male. Der große Knall kam, als er uns eines Tages unter Tränen beichtete, dass er mit einer anderen Frau ein Kind gezeugt hatte.

Meine Mutter traf das sehr hart, doch obwohl sie Verständnis zeigte und mit der Situation umgehen wollte, entschied er sich auszuziehen und mit seiner Geliebten eine neue Familie aufzubauen. Mein Vater war dann mit dieser Frau verheiratet, die 20 Jahre jünger ist als er, doch auch sie betrog er nach Strich und Faden. Nun ist er mit einer 30 Jahre jüngeren Lehrerin zusammen. Die ist so alt wie ich. Und auch ihr ist er nicht ganz treu. So ist er halt, mein Daddy.

Ja, ich liebe es, hübsche Frauen zu vögeln, mir von ihnen einen blasen zu lassen, sie zu lecken, geilen Sex mit ihnen zu haben. Mein Sexualleben ist mir verdammt wichtig! Immer wieder neue Gesichter, neue Körper, neue Erfahrungen möchte ich sammeln, erleben, genießen und zelebrieren.

Fremdgehen bedeutet für mich nicht, meine Partnerin zu betrügen, sondern Bedürfnisse zu befriedigen, die einfach da sind. Bevor ich diese unterdrücke und sich das negativ auf meine Beziehung auswirkt, genehmige ich mir diese Freiheit. Ich behandle die Frauen, mit denen ich Spaß habe, gut und respektvoll, soweit es geht. Ich darf mich nie an eine binden oder Gefühle entstehen lassen, sonst wäre meine Ehe mit der Andrea gefährdet, und das möchte ich nicht.

Ich muss auch immer aufpassen, dass Andrea von meinen Dates nichts erfährt. Im Laufe der Zeit habe ich gelernt, wie das am besten geht. Ich weiß, wie Andrea tickt und was sie hören will, welche Ausreden ich ihr bringen kann und welche eben nicht.

Ich kenne sie in- und auswendig. Das spielt mir in die Karten. Ja, ich habe Andrea schon unzählige Male sexuell betrogen. Muss ich zugeben.

Aber das ist nicht weiter schlimm, da ich sie ja von ganzem Herzen liebe und alles für sie tue. Ich bin sehr glücklich mit ihr! Aber sie nicht mehr mit mir! Will sie sich gar scheiden lassen? Mein ganzes Geld haben? Habe ich mich in ihr getäuscht? Fragen über Fragen schwirrten durch meinen heißen Kopf.

Tags darauf rief ich sie an und bat um ein Gespräch. Sie willigte ein. Wir trafen uns auf neutralem Boden. In einem Restaurant, das wir beide noch nicht kannten. Andrea kam schick und umarmte mich herzlich. Wollte sie sich entschuldigen, versöhnen? Nein. Leider nicht. Sie behauptete immer noch, Zeit zu brauchen. Sie konnte mir nach wie vor nicht erklären, warum das alles, aber bat um Verständnis und Freiraum.

Sie tat mir echt leid. Die Midlife Crisis haben nur Männer, heißt es. Ich bin mir sicher: Auch Frauen haben die! Wir näherten uns zumindest wieder etwas an und die Andrea meinte schließlich: „Alles wird sicher wieder gut, Schatz. Hoffentlich." „Ja, hoffentlich", wiederholte ich. „Was soll ich denn ohne Dich und Euch machen?" Sie ging. Ich ging. Aber meine wichtigen Fragen blieben unbeantwortet.

Auch für John Paul und Anna Lina war es keine einfache Zeit. Ihr geliebter Vater war nun nicht mehr zu Hause da. Nicht, weil er es so wollte, sondern weil es Andrea so wollte. Niemals hätte ich gedacht, dass meine Frau mal so weit gehen würde. JP vermisste mich schrecklich. Ich ihn auch. Mein Sohn! Mein erstes Kind.

Immer, wenn ich ihn sah, fiel er mir vor Freude um den Hals und fragte, wann ich endlich wieder zurückkäme. „Sicher schon ganz bald", war meine routinemäßige Antwort. Auch Anna Lina, meine Tochter, tat sich sehr schwer mit meiner Abwesenheit. Sie weinte immer ganz doll, wenn sie mich wiedersah.

Gemeinsam gingen wir dann spazieren, spielen, ein Eis essen oder unternahmen Ausflüge, etwa in den Trampolinpark. Gott sei Dank war und bin ich meinen Kindern immer ein super Papa. Ich respektiere sie, fördere sie, schätze sie, liebe sie über alles.

Ich würde mein Leben und all mein Geld für sie geben. Viel Geld! Ich hatte solche Angst, dass sich meine Kinder nach und nach von mir entfremden und abwenden könnten.

Gehirnwäsche wird ja von so einigen Müttern durchgeführt in so einer Situation. Aber ich wusste auch, dass Andrea nicht so eine Frau ist. Sie sprach nicht schlecht über mich bei den Kindern. Ich kannte zwar ihr Problem nicht, aber sie spielte mich zumindest nicht gegen unsere Kids aus.

Nach einigen Wochen der Trennung fühlte ich die extrem starke Bindung zwischen mir und meinen Kindern nach wie vor. Und war sehr froh darüber. Zu einer Entfremdung würde es sicher niemals kommen.

Andrea war immer noch auf ihrem seltsamen Selbstfindungstrip unterwegs. Nach etwa 3 Monaten mussten wir reden, wie es weitergehen würde. Andrea und ich vereinbarten ein Gespräch unter 4 Augen in unserem Haus. Die Kinder waren außerhalb. Andrea hatte sich vom Style etwas verändert, die Haare waren nun kürzer und sie hatte sich richtig gut in Form gebracht.

Sie sah klasse aus. Meine Frau! Doch so schnell wurde sie nicht wieder meine Frau. An ihrer Meinung und ihrem Zustand hatte sich nichts verändert. „Also, ich brauche nach wie vor meine Ruhe und Abstand von Dir. Ich weiß nicht, wohin das Ganze führt, aber diese Zeit musst Du mir einfach geben." Ihr Geschwafel verstand ich nicht.

Entweder man liebt einen, oder nicht. Entweder man ist mit jemandem zusammen, oder nicht. Ihr Gefühlschaos war mir fremd, und doch zeigte ich bestmöglich Verständnis. Ihr erklärte ihr meine Gefühlswelt, dass ich über ihr Verhalten und die Situation tief verletzt sei, dass ich ratlos und traurig sei, depressiv und unglücklich ohne sie und die Kinder. Sie verstand alles und meinte:

„Es wird sicher alles wieder gut werden, aber halt noch nicht jetzt." „Vermisst Du mich nicht? Meine Nähe? Meine Liebe? Unseren Sex?", fragte ich sie knallhart ins Gesicht. „Doch, schon, sehr", gestand sie, „aber es ist, wie es ist." Ich betete innerlich zu Gott, dieser Frau wieder den Verstand zu schenken, den sie eigentlich hat.

„Dann nimm mich wenigstens einmal so richtig in den Arm, Andrea, das bist Du mir schuldig", bat ich sie. Sie atmete tief, stand auf und kam auf mich zu.

Und tatsächlich drückte sie mich fest. Ich war wieder zu Hause. Spürte Vertrautheit. Spürte Nähe. Spürte Liebe. Das, was mir alles bedeutete. Ich schaute ihr tief in die Augen und küsste sie vorsichtig. Sie hielt hin, dann küsste sie mit. Wir knutschten. Sie wurde so geil, dass sie mich auf das Sofa drückte und auf mich drauf hockte. Die Reiterposition, aber halt mit Klamotten.

Dann ging alles ganz schnell. Sie rieb sich an mir, bis sie kam. Vielleicht 4 Minuten dauerte es. Ich hatte dabei natürlich einen Steifen bekommen, der mehr wollte. Andrea atmete nach ihrem Orgasmus durch die Klamotten tief durch und erhob sich. Dann verließ sie den Raum, ließ mich einfach liegen. Was war denn das, bitte schön?

Ich beruhigte mich und folgte ihr in den Garten. „Sorry", entschuldigte sie sich, „es ist einfach so über mich gekommen." „Dafür brauchst Du Dich nicht zu entschuldigen, Schatz, das war doch wunderschön. Doch es interessiert mich, warum Du mich einfach liegen lässt." „Vergiss es, es hätte nicht passieren dürfen, nicht jetzt", war ihre stupide Antwort.

Ich schäumte, knallte die Tür und verschwand. Was bildete sich dieses Weib eigentlich ein?! Nie hätte ich gedacht, dass Andrea so sein würde oder so sein könnte. Eklig einfach! Was war nur aus meiner geliebten Frau geworden? Ein Monster? Eine Ferngesteuerte? Eine Beeinflusste? Was wollte sie mit ihrem Verhalten bezwecken?

Ich fand keine Antworten auf meine Fragen. Auch ihre mehrmaligen Anrufe während meiner Autofahrt zurück machten es nicht besser. Ich hob einfach nicht ab. Daraufhin schickte sie mir mehrere WhatsApp mit „Sorry", „Vergib mir", „Alles wird gut, „In Liebe", aber auch die interessierten mich wenig. Ich rief Jo, meinen Rechtsanwalt-Freund an, und bat ihn um einen schnellstmöglichen Termin.

Ich sprach reinen Tisch mit ihm und erkundigte mich über die Konsequenzen einer möglichen Scheidung. Man will ja vorbereitet sein, wenn es darauf ankommt. Ich wusste, es stand schlecht um meine Ehe. Sehr schlecht. Ich musste mit allem rechnen. Daher wollte ich meine Schäfchen natürlich ins Trockene bringen. Jo schlug mir den für mich bestmöglichen Weg im Fall des Falles vor.

Pflichtanteile an Andrea und für die Kinder, alles andere wäre mein persönliches Ermessen. Am Abend schrieb ich Andrea eine lange Mail: „Hallo Andrea. Dein Verhalten heute war echt unter aller Sau. Du hast mich damit zutiefst verletzt und gedemütigt. Warum in aller Welt behandelst Du mich so? Was habe ich Dir getan?

Wenn Du mich nicht mehr liebst, dann verlasse mich bitte, aber spiele nicht mit mir. Und das alles auf dem Rücken unserer Kinder. Was ist aus uns geworden? All die Jahre, all die Liebe – ist alles fort? Hast Du einen anderen Mann kennengelernt? Welche Gründe bewegen Dich dazu, diese stupide Auszeit zu nehmen? Ich bin ja wirklich ein verständnisvoller und liebevoller Mann, aber was zu viel ist, ist zu viel.

Ich war heute bei Jo, meinem Anwalt. Habe alle Konsequenzen einer Scheidung mal mit ihm durchgesprochen. Wenn Du die Scheidung willst, sag Bescheid. Wie lange soll das denn noch so gehen mit Deinem seltsamen Verhalten? Ich verlange endlich einmal konkrete Antworten, denn sonst werde ich die Trennung vollziehen."

Kurz darauf erhielt ich eine Rückmail: „Wie kannst Du nur an Scheidung denken? Das habe ich nie gesagt noch verlangt. Will ich auch gar nicht. Ich bat lediglich um eine Beziehungsauszeit. Bitte gib mir die Zeit, die ich brauche. Sobald ich Antworten habe, bist Du der Erste, der sie erfährt.

Ich bin aufgewühlt. Mit mir. Mit meinem Leben. Was Dich betrifft. Tief drin liebe ich Dich. Ganz viel und von ganzem Herzen. Für immer und ewig. Daran wird sich nie etwas ändern. Aber es gibt nun mal Phasen im Leben, die nicht planmäßig verlaufen. Diese ist eine davon.

Mir geht es auch mies. Mit mir selbst und mit der Situation, in die ich uns gebracht habe. Wenn ich könnte, hätte ich es anders geklärt. Sorry. Bitte gib uns nicht auf. Gib mir lediglich noch etwas Zeit. Ich bin ganz sicher, alles wird gut. In Liebe, Deine Andrea."

Nun ja, zumindest etwas. Aber auch nicht mehr. Es gab mir aber ein wenig Hoffnung. Trotzdem entschloss ich mich, als „Strafe" mein aktuelles Single-Leben vollends, ohne Rücksicht auf Verluste, auszukosten.

Andrea hatte also doch einen Neuen! Ich schäumte, als ich dies erfuhr. Mein Sohnemann John Paul teilte mir diese supergeheime Botschaft geheim mit. „Du, da ist ein Mann, mit dem hat sich die Mama jetzt schon viermal getroffen", vertraute er sich mir an. „Und sie scheint ihn sehr zu mögen." Ich drehte innerlich durch.

„Erzähl mir mehr darüber, mein Sohnemann", flehte ich John P. regelrecht an, auszupacken. „Er war schon viermal bei uns zu Hause, dann ist die Mama mit ihm immer 1 Stunde lang oder einmal sogar 2 Stunden verschwunden. Sie meinte zu uns, sie gehe mit ihm Laufen und Sport machen. Ich habe solange auf Anna Lina aufgepasst."

Sauerei!! Betrug!! Verrat!! Diese Wörter schwirrten in meinem Kopf umher, wenn ich auch nur im Entferntesten an Andrea dachte. Und das tat ich oft. Sehr oft. Ich saß mit meinen Kindern in der Eisdiele und wollte weinen. Heulen. Den Laden verwüsten. Aber nicht, weil das Eis so schlecht war, sondern weil mich meine Frau wohl betrog. Mit einem anderen Stecher.

Natürlich einem Jüngeren: „Der ist jünger als Du, Papa, und hat Muskeln", sagte Anna Lina und spielte sich als Bodybuilderin auf. „Mama strahlt ihn immer an und drückt ihn fest. Dann gehen sie. Und wenn Mama wiederkommt, ist sie immer ganz schön müde und fertig." So ein Schwein, dachte ich, der fickt meine Andrea wohl wund.

Also gut, so viel Sex wie früher hatten Andrea und ich natürlich nicht mehr nach so vielen Jahren Beziehung und Ehe mit 2 Kindern. Aber ist das Grund genug, um sich fremdstechen zu lassen?! Ich dankte meinen 2 Schätzen und versprach ihnen, dass alles gut werden würde.

Ich brachte sie nach Hause und fuhr sofort von Dannen. Andrea blickte mir noch blöd hinterher. Auf ihre folgende Textnachricht, warum ich nicht noch kurz reingekommen sei, wie sonst, antwortete ich vorerst nicht. Später am Abend schrieb ich ihr, dass alles mit mir okay sei, ich nur sehr im Stress war.

Ein neuer Privatdetektiv musste her. Ich rief Kalle an. Ich kannte ihn am Rande und beauftragte ihn, meine Andrea fortan 24 Stunden am Tag zu überwachen. Ich erzählte ihm John Pauls Story mit ihrem neuen Muskelpaket:

„Mir sind wirklich alle Mittel und Wege Recht, die Wahrheit zu erfahren." Tricky Kalle machte sich an die Arbeit. Ich verhielt mich unauffällig normal Andrea gegenüber, die dabei war, sich mir wieder etwas weiter anzunähern. So eine falsche Schlange! Ich wartete eine beschissen lange Woche auf das Feedback von Kalle, dann saß er mir wieder gegenüber:

„Der Kerl heißt Muzo Ergün. Kommt aus der Türkei. Ist aber in München geboren. 27 Jahre alt. Ledig. Er ist ausgebildeter Stuntman und Fitnesstrainer und arbeitet als Personal Trainer. Hat sich einen Namen in der Szene gemacht." Mir rauchte der Kopf. „Weiter." „Deine Frau hat sich innerhalb der letzten 7 Tage zweimal mit ihm getroffen. Dienstag- und Freitagnachmittag. Jeweils um 16 Uhr.

Er holte sie bei Euch am Haus ab. Hier Fotos. Ich sah einen Wichser aus dem Auto steigen und auf mein Haus zugehen. Er war gut gebaut, besser als ich. Hatte ein Muskelshirt an und eine kurze Hose. Junge, der hatte echt eine gute, austrainierte Figur, einen Top-Körper. Muss ich zugeben. Er klingelte, meine Frau öffnete.

Sie strahlte und war ebenso spärlich bekleidet. Sport-Top und kurze Hose. Sportschuhe. Zusammengebundene Haare. Sah ganz schön sexy aus, my fucking wife. „Dann joggten sie in den Park. Dort machten die beiden ein Workout. Hier." Ich sah die nächsten Fotos. Die beiden trainierten. Er gab den Ton an, Andrea folgte. Er berührte sie auch. Mal an der Hüfte, mal seitlich am Hintern. Diese Hand ist eine abzuhackende!

„Sie machten Liegestütze, Kniebeugen und andere Fitnessübungen. Beide schwitzten. Andrea gab alles. Danach joggten sie wieder zurück zum Eurem Haus. Sie bat ihn noch herein." „Schwein!", rief ich laut. Und haute mit der Faust hart auf den Tisch. „Beide tranken dann noch frisch gepressten Orangensaft, genau 5 Minuten war er drin, dann verabschiedete er sich und ging. Da war sonst nichts." „Und beim zweiten Mal?"

„Dasselbe. Er kam, beide joggten, trainierten, joggten zurück. Tranken frischen Saft. Er fuhr." „Hat sie sich sonst mit ihm getroffen? „Nein." „Mit ihm telefoniert?" „Nein." „Geschrieben?" „Nein. Es gibt keinerlei Indizien, dass sie etwas mit ihm hat.

Sie hatte ihn per E-Mail angefragt als Personal Trainer, hier ist die Mail und der komplette Schriftverkehr, alles sauber." Ich las den Ausdruck und war beruhigt. „Na gut, trotzdem beobachte sie weiter. Ich traue dem Weib nicht."

1 Woche später, Andrea hatte sich weiter angenähert an mich, da waren wieder ein paar liebe Worte am Telefon und ein „Ich vermisse Dich", aber noch nicht mehr. Ich wartete, was der Kalle berichten würde.

„Deine Frau hat sich innerhalb der letzten 7 Tage wieder zweimal mit Muzo getroffen. Dienstag- und Freitagnachmittag. Jeweils 16 Uhr. Er holte sie bei Euch ab. Hier die Fotos. Er klingelte, Andrea öffnete. „Dann joggten sie in den Park. Dort machten die beiden ein Workout. Hier."

Ich sah die nächsten Bilder. Die beiden trainierten hart. Er gab den Ton an, Andrea folgte. Er berührte sie auch. Mal an der Hüfte, mal etwas am Hintern. Diese Hand ist eine abzuhackende! „Sie machten Liegestütze, Kniebeugen und andere Fitnessübungen. Beide schwitzten. Andrea gab alles. Danach joggten sie zurück zum Haus.

Sie tranken noch frischen Orangensaft, dann ging er. Da war nichts." „Hat sie sich sonst mit ihm getroffen? „Nein." „Mit ihm telefoniert?" „Nein." „Geschrieben?" „Nein. Es gibt wirklich keine Indizien, dass sie etwas mit ihm hat." Ich war erleichtert.

Zahlte Kalle bar auf die Kralle und strahlte innerlich. Nun sollte der Wiedervereinigung mit Andrea nichts mehr im Wege stehen. Bei meinem nächsten Treffen mit JP und AL erklärte ich beiden, dass Muzo Mamas Fitnesstrainer sei.

„Die Mama erzählt in letzter Zeit immer öfter, dass sie Dich schrecklich vermisst, sie weint auch jeden Abend", säuselte Anna Lina, was auch mich zu Tränen rührte. Aber überstürzen wollte ich nichts. Ich beschloss, weiter abzuwarten, bis Andrea für den nächsten Schritt bereit war und diesen tat.

Meine Ehe mit der Andrea stand immer noch massiv auf der Kippe. Wie war es so weit gekommen? War das die Bestrafung für mein jahrelanges, naja, jahrzehntelanges Fremdgehen? Sprechen wir von Karma? Von Schuld? Pech? Vielleicht von einer wilden, irrsinnig gewordenen Frau?

In meinem Umfeld trennten sich zu dieser Zeit auch einige Paare. Vielleicht sind einfach die Zeiten der Ehe vorbei, dachte ich. Abends und immer wieder zwischendurch sinnierte ich über mich und mein Leben. Was, wenn Andrea sich von mir trennen würde? Mir meine Kinder stehlen würde? Einen anderen Mann fände? Ein neues Leben will? Dieses vielleicht schon lebt?

Was würde das alles für mich bedeuten? Würde ich jemals wieder heiraten? Mich fest binden können? Eventuell eine zweite Familie gründen können oder wollen? Fragen, die mich fertigmachten. Es war eskaliert. Ja. Aber wer hatte die Schuld? Ich? Nein. Ich war mir keiner Schuld bewusst. Andrea? Vielleicht. Sie hatte sich schließlich von mir abgewendet.

Meine Kinder? Niemals! Die waren absolut unschuldig. Es konnte nur Andrea sein. Auch wenn ich ihr keine Affäre mit diesem Muzo nachweisen konnte, wollte ich ihr näher auf den Zahn fühlen. Ich engagierte 2 Callboys. Einen jüngeren, Ende 20, ein Boy Toy, ein Wilder, Exotischer. Und einen gestandenen Mann Mitte 40, schick, mein Typ vom Aussehen. Mit Charme. Ich setzte beide inkognito auf Andrea an.

Kostete mich viel Geld, aber das war es mir wert. Zumal habe ich es ja. Beide hatten den Auftrag, meine Frau anzubaggern. Der Jüngere auf die sexuelle Tour: Macho, Latin Lover. Der Ältere auf die reiche Tour: Erfolg, Charme und Stil. Ich gab beiden freie Hand bei ihrem Vorhaben, nur bat ich sie, die Kinder nicht mit reinzuziehen. 2 Wochen später traf ich mich mit den beiden Herren zum Austausch.

Sie schüttelten synchron den Kopf: Andrea hatte kein Interesse an ihnen. Beide hatten Andrea über soziale Netzwerke angemacht, schlugen ihr ein Treffen vor. Ein Date, eine heiße Nacht, was auch immer. Aber meine Frau blieb standhaft und lehnte alle Avancen, alle Angebote eisern ab. Was für eine tolle Frau ich doch habe! Also blieb mir nichts anderes über, als mit mir selbst abzurechnen.

Warum also gehe ich überhaupt fremd? Warum bin ich meiner Frau eigentlich untreu? Der Moralapostel in mir mahnte mich, der Genussapostel in mir rechtfertigte sich. So ging es hin und her, bis ich mich schlussendlich freisprach und für immer entlastete.

Ich kam zu dem Schluss, nichts falsch gemacht zu haben, dafür alles richtig. Ich bin der Womanizer. Ich lebe in vielen Betten. Mit vielen Frauen. In vielen Frauen. Anders geht es nicht für mich.

Liebe und Sex gehören bei Andrea fest zusammen. Bei mir mit ihr auch. Aber bei anderen Frauen, mit denen ich was am Laufen habe, kann ich das trennen. Abenteuer, here I come! Hier geht es um den Fick, den Kick, den Trick. Um Magie. Um Zauberei. Um das Erlebnis.

Noch bin ich äußerlich gut dabei. Ich habe noch einige Jahre vor mir, wo ich mich sexuell gut austoben kann und alle Frauen, die ich möchte, bekommen kann, sogar die 18-Jährigen. Ich hatte alles richtig gemacht. Denn immer öfter stand Andrea nun unangemeldet vor meiner Wohnungstür und wollte mich sehen. Mit mir reden. Zeit mit mir verbringen. Sich mir wieder annähern.

Wir redeten echt viel. Auch immer öfter durfte ich wieder nach Hause, in mein eigenes Haus. Dankeschön dafür. Andrea hatte ihre Krise fast überwunden. Sie sprach sehr offen mit mir über das, was in ihr vorging. Was sie dazu bewegte, diesen krassen Schritt zu gehen. Fremdgehvorwürfe waren keine dabei. Überhaupt keine Vorwürfe waren mir gegenüber dabei.

Dafür aber zahlreiche Vorwürfe gegen sich selbst. Andrea ging mit sich selbst hart in die Kritik. Sie entschuldigte sich in unseren Talks immer wieder bei mir für ihr Fehlverhalten und hat mich um Entschuldigung und Verzeihung. „Hoffentlich habe ich nicht alles zerstört, es tut mir so unendlich leid. Ich werde alles wieder gutmachen", das waren ihre reumütigen Worte, immer und immer wieder.

Als ich merkte, ich habe sie im Sack, spielte ich noch ein wenig mit ihr und ließ sie baumeln. Gaukelte ihr vor, dass ihre Verletzungen mich so schwer getroffen hatten, dass ich echt noch Zeit brauche. Ob die Beziehung fortgesetzt werden könne, wisse ich nicht. Ich spielte mit ihren Gefühlen, genauso wie sie mit meinen gespielt hatte.

Schließlich gab ich nach und sagte: „Okay, Andrea, ich habe Dir endgültig verziehen. Schwamm drüber. Wir versuchen es wieder miteinander." Da war sie überglücklich.

So glücklich, dass sie gleich mit mir schlafen wollte. Dies aber blockte ich bewusst ab und ließ sie noch 3 Wochen hungern. Ich zog wieder bei mir ein. War wieder zu Hause. In meinem Haus. Bei meinen Kindern. Bei meinen Möbeln. Bei meiner Frau. Meine schöne Übergangswohnung kündigte ich aber nicht, sie war zu einer interessanten Alternative geworden, einem Ausweichplatz für Fremdgehsex.

Ich machte eine Firmenwohnung daraus. Steuerlich absetzbar. Für interne Zwecke nutzbar. Für Kooperationspartner. Für Kollegen. Für mich. Ein genialer Schachzug. Endlich ließ ich Sex mit der Andrea wieder zu. Die blöde Kuh hatte mir ja auch Ewigkeiten lang sämtliche Zärtlichkeiten verweigert. Unsere Trennung war nun endgültig vorbei.

Andrea hatte mich viele Monate meines Lebens gekostet. Kein ganzes Jahr. Etwa ein halbes. Aber das war auch schon lange genug. Viele neue graue Haare waren mir in dieser Zeit entstanden, aber dank modernster Technik und guten Mittelchen hielt ich mich weiterhin optisch jung und vital dunkelhaarig. Der erste richtige Versöhnungssex mit Andrea war so wunderschön. Sehr intensiv.

Ausgehungert fiel sie über mich her und wir fickten uns die ganze Nacht lang die Hirne raus. Unsere Kinder hatten wir extra dafür ausquartiert. Wir wussten schon, wie sexuell es abgehen würde zwischen uns. Andrea entschuldigte sich immer wieder bei mir. Ich hatte ihren Scheiß längst vergessen und war wieder glücklich, dass alle glücklich waren. Hoffentlich wird es diesmal für immer halten.

Und doch sinnierte ich nochmal in aller Ausführlichkeit nach: Karma steht für ein spirituelles Konzept, nach dem jede Handlung – physisch wie geistig – unweigerlich eine Folge hat. Diese muss nicht unbedingt im gegenwärtigen Leben wirksam werden, sie kann sich möglicherweise erst in einem zukünftigen Leben manifestieren.

Das Gesetz vom Karma ist dasselbe wie das von Aktion und Reaktion. Beispiel: Wenn ich mit der Faust auf den Tisch schlage, schlägt der Tisch in meine Hand. Karma ist also die Folge von den Ursachen, die wir in der Vergangenheit selbst in Bewegung setzten.

Das bedeutet: eine unbezahlte Rechnung im negativen Sinne. Hat jemand im früheren Leben viel Gutes getan, wird ihm in diesem Leben ein äußerst glückliches Dasein zuteil. Erfolg und Glück begleiten ihn. Das wäre dann gutes Karma. Ich bin kein Karma-Experte, hab wenig Wissen über Hinduismus, Buddhismus oder Jainismus, und doch glaube ich an Wiedergeburt und Karma.

Karma und Wiedergeburt müssen ja nicht zwangsläufig miteinander verbunden sein, denke ich. Wer ein böser Mensch ist, der wird auch Böses ernten. Wer gemein ist, wer andere zerstört, der wird zerstört. Wer aber gut ist und anderen hilft, dem wird geholfen.

Ich hinterfragte mich, ob ich ein guter oder ein schlechter Mensch bin und welches Karma ich gerade dabei bin, mir aufzubauen für den Rest meines Lebens oder für künftige Leben, die ich vielleicht haben werde auf diesem oder einem anderen Planeten. Was spricht Positives für mich: Ich bin ein toller Ehemann und ein toller Vater.

Ich tue alles für meine Familie. Ich bin ein guter Chef. Behandle meine Mitarbeiterinnen und Mitarbeiter respektvoll und gut. Ich zahle sie anständig und zuverlässig. Ich produziere gutes Fernsehen, mache damit ganz vielen Menschen eine Freude. Was spricht gegen mich? Ich gehe fremd. Mehr fällt mir einfach nicht ein.

Vielleicht bin ich ein wenig arrogant, aber das gehört zu meinem Beruf. Sonst wäre ich nicht Firmenchef geworden und so erfolgreich. Aber sonst? Alles in allem bin ich ein echt prima Kerl. Wenn ich mich vergleiche mit anderen Männern, dann steht hier ein sehr hochwertiges und hochentwickeltes Prachtexemplar auf dem Podest der konstruktiven Selbsterkenntnis. Ja, das muss und kann man genauso sagen.

Ich denke, mein Karma ist ein recht Gutes. Ich muss in meinen vorherigen Stippvisiten auf Mutter Erde viel Gutes getan haben, damit ich jetzt so ein geiles Leben führen darf. Und auch aktuell als der Womanizer tue ich wirklich viel Gutes: Ermögliche meiner Familie ein sorgenfreies Leben. Zahle meiner Frau alles, was sie möchte. Zahle meinen Kindern alles, was sie wollen und was gut für sie ist.

Habe meiner Gattin Andrea ihren Eheaussetzer vergeben. Welcher andere Mann hätte das getan?! Auf mich muss ein sehr gutes Karma warten. In diesem Leben noch und in möglichen folgenden. Da bin ich mir sicher.

Das Fremdgehen, das ich praktiziere, ist doch nur halb so wild. Meine einzige karmische Schwäche sozusagen. Aber da ich meine Bettabenteuer brauche, um ein guter Mensch zu bleiben, sehe ich hier kein Kritikpotenzial.

Nein, ich habe keine Angst vor meinem Karma. Keine Angst vor Bestrafung oder negativem Ausgleich. Da ich mich absolut im positiven Plus sehe. So ist es und so wird es immer bleiben. Ich, der Womanizer, werde mich nicht mehr groß verändern, werde immer so sein, wie ich bin.

Tue viel Gutes, mache zahlreiche Frauen damit glücklich, bin spendabel mit meinem hart verdienten Geld, behandle Menschen respektvoll. Meine Frau weiß genau, was sie an mir hat. Sie sagt es immer wieder: „Du bist der beste Mann, den man haben kann." Recht hat sie!

Ja, da habe ich nochmal Glück gehabt! Ich dachte wirklich, dass dies mein Ende sein könnte. Dass Andrea mich verlassen würde. Einfach so, aus heiterem Himmel. Ihr gefordertes Ehe-Break war so etwas von schwachsinnig, ich verstehe es bis heute nicht. Es hat mir aber Mehreres klargemacht.

Erstens: Ich bin nicht abhängig von meiner Frau! Ich kann auch ohne sie, wenn ich muss. Ich hatte Andrea von einer ganz neuen, unangenehmen Seite kennengelernt. Gott sei Dank hat sich ihr Verstand dann doch wieder durchgesetzt und sie ruderte zurück. Sie entschuldigt sich bis heute bei mir für ihr massives Fehlverhalten und schämt sich sehr dafür. Ich habe ihr vergeben.

Zweitens: Ich liebe meine Frau Andrea über alles! Während der räumlichen Trennungszeit ist mir klargeworden, was ich eigentlich schon immer wusste. Ich liebe Andrea bis an das Ende der Welt! Sie ist die mir wichtigste Person auf Erden. Ein Goldschatz, der meiner ist, den ich immer behüten und beschützen werde. Jeder Mensch macht mal Fehler. Sie hat so viele gute Seiten, also was soll's! Fakt ist: Andrea ist meine Welt, mein Dreh- und Angelpunkt.

Drittens: Ich liebe meine Kinder über alles! John Paul und Anna Lina – was würde ich ohne Euch nur machen? Als ich auszog aus meinem eigenen Haus, wurde mir sofort klar, was mir am allermeisten fehlte: meine beiden Kinder. Mein eigenes Fleisch und Blut. Gott sei Dank haben die beiden durch Andreas Gespinne keinen Schaden genommen. Ja, sie lieben mich genauso viel wie davor. Ich danke Dir, oh großer Schöpfer, für diese 2 Schätze, die Du mir geschenkt hast.

Viertens: Ich bin immer noch ein Frauenschwarm! Die Auszeit von Andrea hat mich angetrieben, möglichst viel Sex in dieser Zeit mit anderen Frauen zu haben. Die spannendsten Erlebnisse sind hier in diesem Buch geschildert. Ich kann es immer noch. Ich bin und bleibe ein grandioser Womanizer, der das Leben lebt, wovon andere Männer nur träumen.

Fünftens: I love Sex! Ja, was soll ich dazu noch sagen? Natürlich liebe ich Sex. Sex mit vielen verschiedenen Frauen und in allen denkbaren Positionen und Varianten. Das macht das Leben lebenswert. Das Abenteuer, der Trick, der Kick, der Fick. Das Neue, das Überraschende, das Flirten, das Erleben und das Genießen. That´s the way I like it!

Sechstens: Meine Frau ist mir treu! Da bin ich wirklich dankbar für. Ich ließ sie beschatten und aushorchen, doch nicht einmal Detektive konnten ihr eine Affäre andichten. Professionelle Gigolos ließ sie kalt abblitzen. Andrea liebt nur mich. Nur mich! Ein gutes Gefühl. Sie ist keine Drecksau, keine Schlampe, keine Fremdgeherin, keine Nutte. Sondern meine Frau, die mich über alles liebt.

Siebtens: Frauen muss man nicht immer verstehen! Da sind wir Männer einfach einfacher gestrickt. Wir sagen, was wir denken. Wir sprechen mit dem Schwanz. Frauen aber können ganz schön kompliziert sein. Warum wollte Andrea die vorübergehende Trennung? Warum dachte sie über ein Ehe-Aus nach? Fragen über Fragen, die einfach keine Antworten fanden. Sinnlose Fragen. Schwachsinnige Fragen. Idiotische Fragen. Aber so sind Frauen halt, man muss nicht immer alles verstehen.

Achtens: Meine Potenz ist immer noch so stark wie die eines Bullen! Darauf bin ich stolz. Als Ü40er kann und will ich immer noch ständig.

Einige meiner Altersgenossen wollen auch noch ständig, können es aber nicht mehr. Andere einige wollen nicht mehr so oft, sie sind alt und träge geworden. Potenzprobleme habe ich nicht, ich nicht. Ich kann immer noch ein halbes Dutzend Kinder am Tag zeugen. Mein Penis ist immer zuverlässig und leistungsstark einsatzbereit. Sex ist mein Leben. Mein Körper lebt von Sex. Mein Geist will Sex. Dieser ewige Kreislauf ist mein Lebenselixier.

Neuntens: Ich werde genauso weitermachen wie bisher! Die Krise mit Andrea ist beendet, aber das ändert nichts an meinem Denken und Tun. Ich könnte der Maus ja treu sein von nun an, will ich aber nicht. Ich verletze sie ja nicht. Sie weiß halt nichts von meinem Doppelleben. Warum soll ich auf dieses Plus für mich verzichten?

Es muss so weitergehen. Ich habe noch viele gute Jahre vor mir. Ich nehme alle hübsche Girls ab 18. Bis Ende 30 sind sie mir Recht. Danach (ver)welken sie. Ich werde Andrea immer lieben, immer auf Händen tragen, ihr immer ein tolles Leben an meiner Seite finanzieren. Ich werde genauso immer weiter andere Frauen beglücken und den Reiz dieses Kicks brauchen. Möge der Gott des Saftes und des Dolph Zigglers immer mit mir sein.

Zehntens: Sicherheiten gibt es nicht! Das habe ich auch gelernt. Jeder Mensch kann sich von heute auf morgen um satte 180 Grad verändern. Siehe Andrea. Nie hätte ich es für möglich gehalten, dass sie mir derart blöd kommen würde. Nie hätte ich gedacht, dass sie mich aus meinem Haus schmeißt. Klar plane ich weiter mit ihr. Sie soll für immer die Frau an meiner Seite bleiben. Aber blauäugig bin ich nicht mehr. Von heute auf morgen kann sich alles ändern. Und dennoch liebe ich sie und unser gemeinsames Leben über alles.

Wir halten fest: Das Ende des Womanizers ist dies noch längst nicht. Ich fange gerade erst an! Danke, dass Ihr mich seit so vielen Jahren freundschaftlich begleitet. Ich hoffe, Euch mit meinem Lebensstil motivieren zu können, es mir gleich zu tun. Sonst verpasst Ihr so verdammt viel. Schaut mich an: Ich habe Frau, Kinder, eine Familie. Einen guten Job, ein Haus. Daneben habe ich noch alles, was ich mir wünsche an Sex.

Es funktioniert, verdammt noch mal, gewusst wie. Wir Männer haben das gute Recht, auf unsere Kosten zu kommen. Vor allem sexuell. Nehmt Euch das, was Ihr wollt. Wenn Ihr alt und grau seid, gicht- und rheumageplagt, geht das alles nicht mehr.

Wenn Euer Schwanz nur noch hängt und außer gelber Pisse nichts mehr rauskommt, dann habt Ihr alles verpasst, dann ist es zu spät. Daher: Enjoy life and have sex! Flower Power. Freiheit. Ficken! Schnappt Euch die Ladies, die Euch geil machen, und lasst Euch von ihnen geil machen.

Folgend schildere ich Euch nun einige meiner Sex-Dates mit hübschen Mädels und heißen Frauen während meines Ehe-Breaks, kurz davor und kurz danach. Ja, in dieser Zeit war ich sehr aktiv. Sehr aktiv! Der Counter klickte gut weiter.

Dank meiner netten Übergangswohnung konnte ich offen fremdgehen, auch mit dem Umstand des armen, von der bösen Ehefrau zurückgewiesenen Ehemannes offen hausieren gehen. Das zieht bei einigen Frauen total. Los geht´s also mit den sexuellen Highlights rund um meine Ehe-Auszeit.

18 & mehr

Die Wendler-Story. Ein Phänomen für sich. Michaels 18-jährige Schülerin und Freundin Laura. Ein Mädchen, das einen deutlich älteren Mann liebt. Vaterkomplex. Also: Ich lernte die Daphne in einer Bar kennen. Aktuell von Andrea getrennt und vorübergehend alleine lebend, zog es mich mal wieder abends raus. Ich ging in eine mexikanische Restaurant-Bar. Zuerst essen, dann Alkohol.

Ich bin kein Säufer, nein, aber hin und wieder trinke ich gerne ein gutes Bier oder einen edlen Wein. Aber alles in Grenzen. Ich hatte gegessen und begab mich satt an die Theke. Dort bestellte ich etwas Gutes. Und ab dafür! Ich blickte mich um. Dieser Teil des Restaurants war locker und leger. Eine chillige Ecke. Mir fiel eine Gruppe junger, feierwütiger Kerle auf, die nur saufen wollte.

Aber auch eine Gruppe hübscher Mädels, die einfach nur Spaß hatten. Sie waren allesamt jung, fast schon zu jung. Schulmädchen. Daher konzentrierte ich mich mehr auf 2 Frauen so Ende 20, die ein paar Meter von mir entfernt saßen. Doch aus der Mädchengruppe spürte ich große Augen.

Große Augen, die mich beobachteten. Ich schaute hin. Und fand die Augen. Sie gehörten einer großen, jungen Maus. Typ Emily Ratajkowski. Hübsch. Schlank. So sexy. Ich schätzte sie auf 17. Das Girl musterte mich und tuschelte dann mit ihren Freundinnen um die Wette. Ich wurde immer aufmerksamer auf sie.

Sie zwinkerte mir jetzt schon zu. Zeigte ihre Schönheit. Zeigte viel nackte Haut. Sie trug ein schickes, schwarzes Kleid, das ihre Figur perfekt in Szene setze. Schließlich kam genau dieses Girl auf mich zu und stellte sich mir vor.

Ich bekam Bescheid, dass sie Daphne hieß und mit ihren Freundinnen hier ihren Geburtstag feiere. „Heute bin ich 18 geworden", strahlte sie mich an, „jetzt endlich bin ich eine richtige Frau." Ich gratulierte ihr und lud sie auf ein Getränk ihrer Wahl ein. So kamen wir ins Gespräch. Die Kleine war vom Verstand noch ganz Kind, vom Körper her schon halb Frau.

Aber gut, sie war 18. Also alles legal. Liebe Herren Kollegen, seid bitte nicht neidisch auf mich, dass sich hübsche 18-jährige Girls immer noch für mich interessieren, ich kann nichts dafür. Meine Womanizer-Aura ist einfach extrem stark.

Sie zieht selbst die Teenager-Ladies magisch an. Daphne hatte schon einiges an Alkohol intus. „Schau mal da, das sind meine besten Friends", zeigte sie auf die 5 anderen Mädels, die allesamt sexy zurücklächelten. „Kommt mal her, Mädels", so winkte sie ihre Truppe heran.

Sie stellte mir alle mit Namen vor, doch ich hörte nicht auf die Namen, sondern musterte stattdessen ein Girl nach dem anderen mit meinem klassischen Womanizer-Blick. Aus dem Zweiergespräch wurde ein nettes Siebenergespräch. Hier an der Bar war es nun aber etwas ungemütlich, also setzten wir uns in eine schummrige Ecke.

Wir unterhielten uns gut. Als Hahn im Korb war ich der Hahn im Korb. Der Tiger in der Manege. Der Playboy unter den Playgirls. Alle Mädels waren zwischen 18 und 20. Daphne war die Jüngste. Die anderen waren Freundinnen aus der Schule und dem Sportverein. Eine enge Clique.

„Und was machst Du so alleine hier?", fragte mich eine der Hübschen. Ich erzählte meine Geschichte. Erfolgstyp, Frau mit 2 Kindern, aber in Trennung, da meine Frau eine seltsame Phase durchlebte. Nun gefühlt Single und frei, solange, bis sich Neues ergibt. In eigener Wohnung lebend.

Die Gruppe bemitleidete mich, sie wollten Fotos meiner Kids sehen. Ich zeigte sie ihnen. „Süß, so hübsch, die kommen ganz nach Dir", war der einschlägige Tenor. Sie wollten mehr über mich wissen. Ich erzählte ihnen die Stationen meines Lebens: Studium, Robinson, Arbeit, Firma, TV. Sie staunten. Es wurde echt spät. Irgendwann schaute ich auf die Uhr. „So, Mädels, ich muss jetzt dann mal bald, muss morgen um 8 Uhr im Office sein."

Während ich pinkeln ging, schmiedeten die Girls einen teuflischen Plan. Als ich kam, erfuhr ich diesen. Ich zahlte eine Runde Getränke für alle, meine und das Geburtstagsgeschenk für Daphne, dann flüsterte mir diese ins Ohr: „Wir würden Dich gerne ein wenig aufheitern." „Aha. Und wie wollt Ihr das tun?"

„Na, Dich verwöhnen. Jetzt gleich. Bei Dir." Ich schaute auf, blickte in die Runde. Alle Mädels strahlten, bis auf 2. Hey, die hatten echt vor, mich glücklich zu machen! Oder war es eine Falle? Sizilianische Mafia? Oder sogar Bosnische Diebesclans, die dahinter stecken? Ich war bereit, es voll darauf ankommen zu lassen.

„Okay, ich bin dabei", führte ich den Heimgang an. Die 2 Spielverderberinnen verabschiedeten sich höflich und machten die Biege. Mit 4 Mädels also machte ich mich auf den Weg, etwas Besonderes zu erleben. Die Namen der anderen 3 Girls weiß ich bis heute nicht. Was zählte, waren ihre Körper!

Bei mir angekommen, waren die sexy Mädels schneller nackt, als dass ich gucken konnte. Sie sprangen kindisch auf mein großes Bett und kuschelten sich an sich, winkten mir zu, zu ihnen zu kommen. Ich zog meine teuren, elegant-lässigen Klamotten aus und leistete ihnen Gesellschaft.

Als Hahn im Korb war ich der Hahn im Korb. Der Tiger im Bett. Der Playboy unter den Playgirls. Umgarnt von 4 hübschen Girls zwischen 18 und 20. Es waren 2 Blonde, eine Brünette (Daphne) und eine Schwarze. Ja, so eine. All ihre Körper waren sportlich geformt und schön. Jung und schön. Ach, wie ich es liebe!

Zugegebenermaßen war es doch etwas eng im Bett. Ich hatte mir bewusst ein großes Bett angeschafft, eben genau dafür. Auch wenn immer mal wieder eine seitlich rausflog oder bewusst rauskrabbelte, das Szenario wurde verstärkt durch den großen Spiegelwandschrank.

Die Schwarze war die Erste, die meinen Penis in den Mund nahm. Sofort. Fühlte sich gut an, aber Schwarz mag ich halt nicht so gerne. Daher war ich glücklich, als eine Blondine übernahm. Gemeinsam mit der zweiten Blonden. Daphne küsste mich derweil. Es entwickelte sich ein Gruppensex-Spektakel der besonderen Art:

Lesbensex verbunden mit einem Verwöhnprogramm für mich. Die Mädels hatten keine Scham voreinander. Sie leckten ihre Muschis und küssten sich mit Zunge. Sie waren wohl bi. Alle von ihnen. Schließlich war es die Daphne, die meinen Penis ansteuerte und übernahm.

31

Dieser war aber bereits so gut vorbearbeitet, dass er nicht mehr lange Widerstand leisten konnte. Auch nicht wollte. Ohne Vorwarnung kam ich. Als ich kam, wollten alle Mädels dabei sein. Jede nahm ihn schnell in die Hand und lutschte kurz daran, um mich zu schmecken.

Es war einer der krassesten Orgasmen aller Zeiten meines Lebens. Glücklich betrachtete ich die Schönheit der Girls und das bunte Bild im Spiegel. Kurz darauf zogen sich die Mädels an, küssten mich auf den Mund, nacheinander, und gingen. Daphne aber hinterließ mir ihre Handynummer.

2 Tage später rief ich Daphne an. Sie war immer noch gut auf mich zu sprechen. Ich erklärte ihr, dass es ein echt geiler Abend gewesen sei und ich diesen gerne wiederholen würde. Sie meinte, sie frage mal in die Runde. Und tatsächlich waren sie alle wieder am Start, bis auf die Schwarze. Aber die ging mir nicht ab. Die beiden Blondinen und Daphne erschienen tatsächlich erneut bei mir.

Ich war ja nicht von gestern, ich musste dieses Spektakel filmen. Also hatte ich vorhin meine Wohnung verwanzt und präpariert. Alles war gerichtet. Die hübschen Hellen sahen sich sehr ähnlich, ich tippte auf Zwillinge oder Schwestern. Erneut zogen sich die Schönheiten vor mir aus. Alle 3 jungen Körper waren haarfrei und so verdammt geil.

„Hast Du Lust, uns zu ficken?", fragte mich die größere Blondine und warf eine Packung Kondome auf mein Bett. Brutal krass, wie die heutigen Mädels drauf sind, dachte ich mir. Wenn das meine Tochter wäre! Ogottogott. Natürlich hatte ich Lust! Nachdem alle 3 ihn im Mund hatten, knieten sie sich nebeneinander auf das Bett.

Ich stöpselte ihn in den ersten blonden Kanal ein. Doggy. Es fühlte sich gut an. Eng. Schön. Eng. Ich fickte ein wenig. Dann raus und rein in Daphne. Sie war noch enger. Geil! Ihr Hintern war der Allerbeste. Aber auch die zweite blonde Röhre wollte mich haben. Also hinein in diese.

Ihre Pussy war etwas weiter, fühlte sich aber auch mega an. Während ich fickte, überlegte ich, in welchem Girl ich dann kommen wollte oder sollte. Eigentlich wäre ich gerne in jeder gekommen, aber das ging nicht.

Außerdem filmte ich, da wollte ich meinen Orgasmus ja schon sehen. Nachdem jede Schönheit dreimal gefickt worden war, machte ich mir Platz und gab das Zeichen, dass ich es via Triple Blowjob zu Ende gemacht haben möchte. Aber natürlich ohne Gummi.

Die Daphne war es wieder, die federführend zur Sache schritt. In der Mitte, startete sie ihren Blowjob. Auch ihre Busenfreundinnen durften mal kurz ran, aber ihre Hand war es, die mich hielt. Der Filmjob lief. Langsam wurde ich unruhig. Ich hatte hinter mir einem Cam platziert, sodass das Finale in der POV-Perspektive alles zeigen würde.

Daphnes Hand schüttelte meine Vorhaut nun gut durch, I came. Heftig I came! Mein Samen spritzte heraus und bekleckerte die Gesichter der Blondinen, die züngelten. Nach etwa 5 Ladungen senkte Daphne ihren Mund und blies es ganz zu Ende. Sie zeigte den Restsamen in ihrem Mund, dann schluckte sie ihn weg. Ich war gekommen, aber die 3 Schönheiten noch nicht. Das konnte ich ändern.

Ich leckte die Daphne, während die Blondinen sich gegenseitig befriedigten, diesmal mit den Fingern. Dann leckte ich Blondie 1, während Daphne Blondie 2 leckte. Und dann leckte ich Blondie 2, während Blondie 1 Daphne verwöhnte. Gruppensex vom Feinsten. Nachdem alle Mädels teils mehrfach gekommen waren, wollte ich zum Abschluss einen geilen Hand- und Blowjob haben.

Die Göttinnen hatten die fantastische Idee, uns allen die Augen zu verbinden. Okay. Schnell hatten wir passende Kleidungsstücke und anderes dafür gefunden. Nun waren wir alle blind. Ich legte mich so hin, dass die Cams alles perfekt filmen konnten. Nun spürte ich nur noch. Und auch die Mädels spürten nur noch. Es war eine sagenhafte Erfahrung!

Ich fühlte 6 Hände an meinem Körper, 3 Münder auf meinem Körper, 3 Münder an meinem Dong, 6 Hände an meinem Dong, 3 Münder auf meinem Mund, 3 Körper an meinem Körper. Ich konzentrierte mich nur auf das Fühlen. Zuerst waren die Spiele langsam und vorsichtig, dann wurden sie wilder. Und je wilder sie wurden, desto unruhiger wurde ich. Endlos konnte ich das blinde Spiel nicht aushalten.

Ich musste kommen. Und ich kam heftig. Wie mein Orgasmus ausfiel, konnte ich nicht sehen. Vorerst. Aber ich fühlte ihn umso mehr. Als ich alle war, machten wir uns wieder zu Sehenden und betrachteten die Sauerei, die ich begangen hatte. Sperma überall. Yeah!

Später gingen die Mädels. Als sie weg waren, schaute ich mir sofort die Aufnahmen aus den verschiedenen Winkeln an und schnitt daraus ein finales Videos für mein Archiv. Dann schlief ich glücklich ein. Leider war das das letzte Mal mit diesen Mädels als Gruppe, weiter ging es nur mit dem harten Kern: Daphne. Die kleine Maus hatte sich doch tatsächlich in mich Wendler verliebt.

Wie ich 1 Woche später von ihr erfuhr, hatte sie den beiden Blondinen weitere Sex-Dates mit mir und ihr zusammen verboten, da sie mich für sich alleine haben wollte. Sie war verknallt in mich. Wie süß. In mich frischen Ü40er. Als 18-Jährige. So ergab es sich, dass ich nur noch Sex mit ihr hatte. Naja, zumindest dachte sie das.

Denn nebenbei fickte ich trotzdem die beiden Blondinen weiter. Die eine hatte mir eine Nachricht in den Briefkasten geworfen. Obwohl ich Blondie 1 und 2 mehrmals datete, weiß ich bis heute nicht ihre Namen. Hatte sich einfach nie ergeben. Es ging nur um Sex. Die beiden wollten Erfahrung sammeln, und mit wem geht das besser als mit mir?!

Daphne wurde anschmiegsamer. Sie übernachtete jetzt sogar alle paar Tage bei mir. Ich genoss diese Mädchen sehr. Sie blies verdammt gut und schluckte. Ihre Handjobs waren geil. Im Bett ließ sie sich gern ficken, fickte selbst aber sehr zurückhaltend. Ich spielte Sugardaddy und ließ ihr jeweils ein angemessenen Taschengeld springen. Ja, so wird man zur Nutte.

Parallel dazu genoss ich die Abende mit den beiden Vielleicht-Schwestern. Während die Größere besser blies, wichste die Kleinere geiler. Beim Ficken nahmen sich beide nichts. Sie waren im Bett aktiver als Daphne, auch erfahrener, ja, das konnte man spüren. Diese Dreier-Konstellation war eine besondere. Gerne leckten sich beide auch vor mir und machten mich lesbisch heiß, ehe ich mit einstieg. Auch an diesen Abenden ließ ich gerne mal eine unsichtbare Vid-Cam mitlaufen.

Solche Erlebnisse gehören gesichert. Langsam aber wurde es mir zu viel mit den Dreien. Trotz des geilen Sex. Daphne wollte immer mehr von mir, und ich bekam Probleme mit der Organisation, beide Parteien voneinander zu trennen.

Gleichzeitig näherte sich meine Andrea mir gegenüber weiter an, also wollte ich kein unnötiges Risiko eingehen. Also machte ich Schluss mit Daphne und erklärte auch den Twins, dass der nächste Sex unser letzter sei, vorerst. Alle Beteiligten waren traurig. Aber ich bin halt der Mann, ich treffe die Entscheidungen meines Lebens.

Daphne kam zum letzten Date erst gar nicht mehr. Sie war enttäuscht und beleidigt. Besser so. Das Duo erschien und bescherte mir einen guten Abschiedsfick. Nacheinander ritten sie auf mir. Zuerst kam ich in der längeren Fotze, später in der kürzeren. Ich versprach den beiden ein Wiedersehen nach meinen Regeln.

Immobilien-Heidi

Die attraktive, 33-jährige Blondine Heidi lernte ich vor 2 Monaten kennen. Wir drehten einen Werbespot für eine Augsburger Immobilien-Firma, und Heidi war unsere Hauptdarstellerin. Die Maklerin war groß und schlank: 1,78 m zu 55 kg. Sehr pretty. Trug kurzen Rock und lange Beine. Ich verschaute mich sofort in sie.

Nach Drehschluss in Augsburg aß die gesamte Crew im Leonardo-da-Vinci-Restaurant. Lecker! Heidis Blickkontakt mit mir nahm zu. Ich fuhr den großen Womanizer auf. Flirtete unterm Tisch intensiv mit ihr. Schließlich lag meine rechte Hand auf ihrem linken Schenkel. Sie ließ es sich gefallen und grinste frech. 1 Stunde später, als alle fort waren, saßen wir noch bei einer weiteren Flasche Wein.

Nun ja, ich hatte Andrea, sie hatte Vincent, aber das alles sollte und wollte uns nicht abhalten. Vincent war Kunsthändler und viel unterwegs. Eigentlich lebte Heidi als Single, erzählte sie mir. Bald war uns klar: Die Nacht gehört uns! Aber nicht in meinem Augsburger Hotel. Heidi wohnte luxuriös. Ein schickes Haus am Stadtrand war es, an dem sie parkte.

Im Haus landeten wir rasch im Schlafzimmer. Es war riesig. Genauso wie die Latte in meiner Hose, die raus wollte. Heidi sah das und riss mir die Hose runter. Die Latte klemmte noch in der Unterhose, also musste auch die weg. Während ich im Raum stand, kniete sie und blies mir einen. Sie hatte noch ihr Kleid an, aber das störte mich überhaupt nicht.

„Blasen" war Heidis zweiter Vorname. Das konnte sie unglaublich gut. Ihr Mund war tief und warm. Auch feucht. Gut lutschte sie meine Lanze entlang und arbeitete mit ihrer linken Hand gut mit. Mit der Rechten kraulte sie meine Eier. Ich hatte die Tage zuvor keinen Orgasmus gehabt, also ging es schnell, bis ich abspritzen wollte bzw. musste.

Ohne Vorwarnung – warum auch – kam ich frisch und proteinreich in Heidis Mund. Die bewies, dass sie ein Luder ist, und blies sauber weiter. Inklusive Schlucken. Bis ich leer war. Teuflisch geil sah sie mich an.

Mein Sperma klebte noch an ihren Lippen. Good girl! Da wir beide aber gut alkoholisiert waren, wurden wir plötzlich müde. Wir duschten uns noch frisch, dann gingen wir schlafen. Da wir nacheinander duschten, hatte ich sie nicht nackt gesehen.

Das änderte sich am kommenden frühen Morgen. Um 9 Uhr war Meeting für den zweiten und letzten Drehtag. Also klingelte mein Wecker um 6:30 Uhr. Ich wurde wach und küsste die Maus ebenso wach. Ich war geil. Sie wurde geil. Einen Pfefferminzdrop für mich. Einen Pfefferminzdrop für sie. Dann endlich sah ich ihren Traumkörper.

Schlank wie eine Prinzessin zeigte sie sich mir. Gute, kleine, feste Brüste. Ein niedlicher, langer Schamhaarstrich über ihrer Muschi. Ein Traum! Ich leckte sie heiß, dann fickte ich sie. Kondome hatten wir nicht, also musste ich ein wenig aufpassen.

Ich fickte sie 5 Minuten lang als Missionar, dann fickte sie mich 5 Minuten als Reiterin. Ich spürte es langsam zu Ende gehen und gab ihr das Zeichen, abzusteigen. Heidi gehorchte. „Wie magst Du es?" „Hol mir einen runter", entschied ich mich.

Heidi blies kurz an, dann übernahm ihre rechte Hand das Geschehen. Sie passte perfekt um meinen 15 cm langen und harten Dong. Ihre rot lackierten Fingernägel leuchteten grell. Schnell wichste sie. Sehr schnell! Also kam ich auch schnell. Da wurde sie langsam und wichste mich genüsslich slow spritzend ab. Mein Sperma spritze hoch hinaus und Heidi strahlte vor Freude dabei.

Dann frühstückten wir schnell noch und fuhren zur Arbeit. Nach dem komplett abgedrehten Spot fuhren wir nochmal bei ihr vorbei, wo wir erneut Sex hatten. Diesmal leckte ich sie heiß und wir fickten Doggy Style. Ich kam in ihren Mund. Dann düste ich nach Hause zu meiner Andrea und den Kindern.

In den nächsten Wochen besuchte mich Heidi mehrmals in München. Ich zahlte ihr jeweils das Hotel mit Übernachtung und besuchte sie nach dem manipuliert früheren Feierabend für 2 Stunden heißen Sex, bevor ich nach Hause fuhr. Hierbei leckte ich sie auch zum Orgasmus und wir bumsten mit Kondom. Sie hatte grundsätzlich Orgasmus-Probleme, wie sie mir erzählte, daher dauerte es auch etwas länger, bis sie kam. Sehr lange für meine Verhältnisse als extrem guter Liebhaber.

Aber jede Frau ist nun mal anders. Ich machte Heidi trotzdem glücklich. Das zählte. Dann der Schlag mit Andrea. Der Irrsinn mit dem Ehe-Break. Ich war verletzt und stinksauer auf Andrea. Musste mich ablenken. Also tat ich das mit Heidi. Ich rief sie an und erzählte ihr von meinem schrecklichen Drama. Gleichzeitig lud ich sie das Wochenende zu mir in die neue Bude ein.

Sie kam. Und wie! Bereits am ersten Abend fickte ich ihr das Hirn raus. Ich stellte mir vor, es wäre Andrea. Geschah ihr ganz recht. Junge, ich fickte wie ein 18-Jähriger! Die Heidi konnte einiges ab und ließ sich pressen wie eine Bratwurst. Im Gegenzug blies sie mich auf Wolke 7. Wir verbrachten das halbe Wochenende im Bett.

Heidi war geil auf mich und hatte immer Lust auf Sex. Das gefiel mir. Doch nach 4 weiteren Wochen Affäre wurde sie mir zu anhänglich. Sie wollte jedes Wochenende kommen, aber das war mir zu viel. Denn ich wollte lieber ausgehen und neue Frauen kennenlernen für unkomplizierte One Night Stands. Also beendete ich das mit Heidi und versprach ihr, wenn ich wieder in Augsburg sei, mich bei ihr zu melden.

I can make you come!

Maren kreuzte meinen Weg, als ich ihren Weg kreuzte. Sie war 25 Jahre hübsch und Hauptdarstellerin in unserer neuen TV-Produktion. Ich lernte sie bei dem Casting kennen und verschaute mich in sie. Sie war eine Mischung aus Alexa Bliss und Paige. Also luderhaft gestylt und mit dem gewissen Etwas versehen. Sexy. Braune Haare, etwa 47 kg bei 1,64 m.

Wir verbrachten viel Zeit miteinander, da die Produktion eine bedeutende war. Aber nicht nur wir: Das Team umfasste 30 Personen. Maren kam ursprünglich aus Hamburg und lebte nun mit ihrem Freund bei München. Am vierten Drehtag kam sie heulend an. Sie habe sich fürchterlich mit ihrem Freund gestritten und werde sich trennen. Endgültig.

Ich erfuhr, dass ihr Beziehung ohnehin keine allzu beständige und gute war, aber sein aktuelles Scheißverhalten habe das Fass jetzt endgültig zum Überlaufen gebracht. Ich bot Maren an, die Firmenwohnung derweil als Zwischenlösung zu nutzen, was sie dankbar annahm.

Ohnehin verstand ich mich sehr gut mit ihr. Ihr Hamburger Humor war ein witziger. Nicht typisch Hamburg, mehr ostfriesisch. Sie haute den einen oder anderen Spruch raus. Hatte keine Berührungsängste. Fühlte sich sehr wohl im Team. Wir gaben ihr Sicherheit, Stärke und Selbstvertrauen.

Als Maren 2 Tage später mit ihrem wichtigsten Hab und Gut in meine Zweitwohnung, die Firmenwohnung, zog, half ich ihr dabei. Ich schleppte ihr den großen Koffer hinein. Und stellte ihn brav ab. Dieser war aber nicht so ganz verschlossen gewesen und öffnete sich, während wir in ihrem Auto die zweite Ladung holten.

Als wir wieder hochkamen, lag der Koffer geöffnet am Boden. Und das Erste, was wir sahen, war ihr Womanizer, Version Pinguin Pro. Etwas beschämt räumte sie schnell um, vergrub ihn unter den Klamotten und schaute mich mit Achselzucken süß an. „Alles gut, meine Frau hat auch so einen. Die hat sogar jede Ausführung davon." Somit war diese peinliche Situation übergangen und die Stimmung wieder allseits gut.

„Naja, irgendwie muss ich mich ja bei Laune halten", fügte sie noch nach. „Da kann ich Dir nur Recht geben. Das Teil ist echt das Beste, was eine Frau haben kann. Meine Gattin ist immer wieder aufs Neue begeistert davon. Diese Womanizer sind jeden Euro wert."

„Ich sage Dir mal etwas unter uns: Früher hatte ich immer Orgasmus-Probleme. Allein tat ich mich schon schwer, und Männer sind immer an mir verzweifelt, weil ich einfach nicht so leicht zum Orgasmus komme. Aber mit dem Womanizer ist das anders. Da klappt es deutlich öfter, so jedes zweite Mal immerhin." „Echt? Bei meiner Frau klappt es immer, und dann auch gleich mehrmals."

Maren staunte: „Ja, nicht jede Frau ist da gleich." „Das stimmt. Aber es gibt gewisse Tricks, wie es öfter klappt", protzte ich. „Und welche?" „Das hängt von der Frau ab, auf was sie anspricht. Ich habe jedenfalls in meinem Leben schon wirklich viele Frauen gehabt, und da waren auch einige mit demselben Problem dabei, das Du hast.

Aber immer ist es mir gelungen, den gewissen Trick zu finden, damit jede Frau erlöst wurde und gut und heftig, und vor allem regelmäßig kommen kann." „Echt? Ist ja interessant. Also wenn ich mit meinem Freund Sex hatte, naja, vielleicht bei jedem fünften Mal habe ich Kommen können. Nicht öfter."

„Armes Ding, das ist doch viel zu wenig", belehrte ich sie. „Ich bin sicher, das geht viel besser." Sie schaute mich groß an. Es war eine Einladung. 5 Minuten später lagen wir im Bett, nackt, und ich versuchte mein Glück. Maren wollte wissen, ob meine Worte nur leere Hüllen waren oder ihre kommende Realität. Wir sprachen nicht darüber, was erlaubt sei und was nicht, sie wollte einfach wissen, was geht.

Ich entschied mich für ein sanftes Vorspiel mit Küssen. Aber erstmal nicht auf ihren Mund, sondern ihren ganzen Körper entlang. Sie hatte einen sehr schönen. Dazu blanke Muschi. Und über der blanken Muschi ein runder Schamhaarkreis am oberen Ende ihres Venushügels. Interessant. Clit und Schamlippen lagen aber total frei und zugänglich. Genau darum kümmerte ich mich nun. Zuerst mit meinen Händen, dann mit meinem Zaubermund zauberte ich ihr ein Lächeln in ihr Gesicht.

Denn sie wusste: Das, was ich tat, war gut. Aus meiner unzähligen Erfahrung packte ich das Beste zusammen und gab dies nun an die sexuell blockierte Maren weiter.

Ich glaube, so wie ich hatte es Maren noch keiner besorgt. Denn nach etwa 5 Minuten Zungenspiele in oraler Cunnilingus-Version kam sie kreischend zum Höhepunkt. Ich wusste nun, wo ihre empfindlichen Stellen waren und wie sie funktionierte. Also gleich weiter.

Ich gab ihr einen Moment zum Verschnaufen, dann tauchte ich erneut ab und leckte weiter. Das junge Ding war auf dem Weg, ihre Sexualität neu zu entdecken und zu genießen. Zu zelebrieren. Der zweite Orgasmus in a row. Sie kam noch heftiger als zuvor, aber noch nicht final, denn ich wollte ihr noch einen dritten entlocken.

Mit all meiner Routine und Katjas Leck-Technik gelang mir das Unmögliche: Maren kam zum dritten Mal. Meine Quote: 100 Prozent! Oder genauer: 300 Prozent! So, das dürfte genug sein. Ich streichelte und küsste sie und ihren Körper aus. Maren war verzaubert. Sie hatte die Augen noch geschlossen und atmete tief.

Als sie zurück im Hier und Jetzt war, schaute sie mich ungläubig an: „So etwas habe ich noch nie erlebt. Wie hast Du das nur gemacht?" „Erfahrung", strahlte ich, „ich weiß halt genau, was Frauen brauchen." „Frauen-Versteher", schmatzte sie. Sie brauchte noch kurz Zeit, um sich zu sammeln. Ich lag neben ihr und sammelte mich auch. Dann drehte sie sich um zu mir:

„Darf ich Dir auch etwas Gutes tun?" „An was denkst Du denn?" Statt zu denken handelte sie: Sie griff mir an meine Hose. Aber nicht an die Stelle, wo mein Knie ruhte. Oder an meine Unterschenkel, sondern an meine halbe Beule. An den Dong. „Ich finde, Du hast Dir jetzt ein Dankeschön verdient."

Ja, das fand ich auch. Das hatte ich mir in der Tat verdient. Dieses Dankeschön war weiblich, sexy und 25 Jahre jung. Wie würde sie sich bei mir bedanken? Mit einem guten Handjob? Oder einem geilen Blowjob? Oder sogar einem intensiven Fick? Ich hoffte auf alles. Es war schließlich ein astreiner Blowjob, den sie mir schenkte. Diese wundervolle Hautdarstellerin meiner Produktion war eine äußerst talentierte Bläserin.

Pech für ihren Ex, der das nun nicht mehr bekam. Sexy räkelte sie sich zwischen meinen Beinen dabei und machte auch Deep Throat. Bei 15 cm ist das schon eine Leistung und einen Applaus wert. Applaus.

Ich genoss ihre Glanzleistung. Sie setzte eine spannende Edging-Technik ein. Zusammen mit dem Blowjob war das der Hammer. Ich fühlte, wie der Produzent immer nervöser wurde. Ja, ich wurde immer nervöser, da ich meinen Orgasmus anrollen spürte. Er kündigte sich brutal an. Und Maren gelang es auch, diese Intensität zu halten. Heftig spritzte ich raus.

Sie edgte weiter und spielte mit ihrer Zunge an meinem Frenulum. Mein Glied ruhte gut in ihrer jungen, begabten Hand. Sie ließ sich bespritzen. Das war echt ein toller Dank für mein Geschenk vorhin. Ich dankte ihr für den Blowjob und schnaufte tief durch.

„Ich möchte unbedingt mit Dir schlafen. Wenn Du das auch so gut kannst wie lecken, dann schwebe ich in den siebten Himmel hoch." Nichts hätte ich lieber getan als das, doch die Zeit drängte und meine Frau wartete auf mich. Ich musste gehen, versprach ihr aber den Fick.

An den nächsten Tagen dauerten die Produktionen sehr lang und ich wollte mich gegenüber Andrea nicht in eine unsichere Position begeben. Also ging hier nichts mit Maren. Die wurde immer drängelnder, doch sie musste warten. An einem frühen Abend konnte ich früher gehen, auch Maren wurde nicht mehr benötigt. Während mein Team sicher noch 3 Stunden beschäftigt war, schlichen uns Maren und ich aus dem Staub und zu ihr.

Dort wollte sie von mir gefickt werden. Aber als Casanova und Womanizer weiß ich, dass Frauen, die Orgasmusprobleme haben, mehr brauchen als nur Ficken. Also startete ich unser Liebesspiel wieder mit einem ausgiebigen Vorspiel, indem ich ihr 2 Höhepunkte leckte.

Dann spielte sie mich mit Hand, Mund und Zunge fickbereit. Ich entschied mich für den guten, alten Missionar. Diese Position ist für Frauen gut, die mehr wollen. Enger Körperkontakt, leidenschaftliche Küsse, heiße Blicke, all das ist hier möglich.

Zärtlich drang ich in ihre wunderschöne Pussy ein und spürte ihren Schamhaarknopf an meinem Unterbauch. Nun bumste ich sie. Aber nicht wild und krass, sondern zärtlich und intensiv. Maren genoss es. Mal hatte sie die Augen sinnlich geschlossen, mal schaute sie mich verliebt an.

Nun knüpfte ich mit Löffelchen an. Das war genau ihre Position. Hier kam sie sogar zum Höhepunkt. Aber ich konnte noch. Nun durfte sie reiten. Auch das war geil. Zum Abschluss Doggy. Als Hund brachte ich es dann auch für mich zu Ende. Sie war glücklich und dankte mir so sehr für diese wundervollen Erfahrungen.

Maren wollte das Ganze wiederholen. Schafften wir 4 Tage später. Ein Zeitfenster von 90 Minuten war das unsere. Ich wollte diesmal unbedingt den Womanizer Pinguin Pro mit einsetzen, sie hatte nichts dagegen. Wir lagen uns gegenüber. Eng nebeneinander. Ihre Füße seitlich neben meinem Kopf, meine Füße seitlich neben ihrem. Beide auf dem Rücken.

Sie streichelte meinen Penis, ich streichelte ihre Vagina. Dann wichste sie mich, während ich den Womanizer einsetzte. Aus dieser liegenden Position befriedigte ich eine Frau selten, aber das sollte man öfter tun. Geben und Nehmen gleichzeitig ist außerdem immer fantastisch.

Maren masturbierte mich gut, in einem gleichbleibenden Rhythmus, mit gleichbleibendem Druck. Ich allerdings variierte mehr. Zuerst startete ich den Womanizer mit Stufe 1, schaltete dann mächtig hoch, um dann die goldene Mitte zu finden. Diese goldene Mitte war Marens Eintritt ins Paradies. Mir gelang es, die Maus zu 4 guten Orgasmen zu womanizern, ehe ich meinen erlebte.

Sie ging ordentlich ab, als sie kam. Sie kam so schön. Auch ich ging ordentlich ab, als ich kam. Ich zuckte sehr kräftig, und sie kannte einfach keine Gnade und befriedigte meinen Penis so lange mit guten Auf-und-Ab-Bewegungen, wie er leer war und in sich zusammensank.

Nachdem die Produktion fertig war, trennten sich allerdings unsere Wege. Sie hatte eine neue Bude gefunden und startete ein neues Leben. Viel Glück, Maren!

Tattoo-Queen

Jackie heißt eigentlich Jacqueline, will aber immer nur „Jackie" genannt werden. Ich lernte sie erst vor kurzem kennen, als ich eine Fortbildung gab und die nächste Generation ausbildete. Sie war Kursteilnehmerin. Eine von 3 Frauen. Eigentlich waren 5 geplant gewesen, doch 2 sagten kurzfristig ab, die eine wegen eines familiären Notfalls, die andere wegen einer Erkrankung.

Wir verbrachten 2 Tage zusammen. Jeweils 9-20 Uhr. Die anderen beiden Damen waren auch sehr nett, aber halt nicht hübsch. Johanna war eine 120-kg-Frau, 28 Jahre dick, aber sehr lustig. Franziska Ende 40 und heiser. Jackie war soeben 34 geworden und machte mir von Anfang an hübsche Blicke. Sie war dreiviertel tätowiert. Krass. Ihre Finger hatten Tattoos, ihre beiden Arme waren komplett verziert.

Auch ihr Oberkörper hatte einiges zu bieten. Ihr Dekolleté war bunt bedruckt. Der untere Rücken. Das komplette linke Bein. Und, wie sie sagte, sei das noch lange nicht alles. Weitere Tattoos in Arbeit. Sogar seitlich unter dem Ohr war ein Kreuz-Tattoo. Dazu aufgelaserte Augenbrauen und rot umschminkte Augen. Sie war schon ein Blickfang. Lange, hellbraune Haare, ihre sexy Figur reizte mich sehr.

In den Pausen suchte sie meine Nähe. Sie sprach offen darüber, dass sie Single und gute Männer schwer zu finden seien. Ich bestätigte ihr das. Auch an Tag 2 hatte sie ihre Meinung über mich nicht geändert. Sie wollte mehr von mir, das war mir klar. Ich auch von ihr.

Jackie hatte sich einen Vorwand ausgedacht, mich am Tag nach dem Seminar nochmal anrufen zu müssen im Office. Ich erkannte ihren Trick und ließ mich austricksen. So klingelte sie sexy durch. Jackie kam ins Plaudern, bedankte sich für den super Lehrgang und fragte mich schließlich, ob ich mal Zeit und Lust auf einen gemeinsamen Drink hätte. Ich sagte zu.

Wir trafen uns 4 Tage später am frühen Nachmittag in einer schicken Bar nahe meiner Firma. Die Tätowierte kam sehr aufreizend: Kurzer Rock, der mir ihre ganze Beinkunst vorstellte. Bauchfreies Top.

Das auch den anderen Gästen zeigte, dass hier eine interessante Frau stand. Sie war echt süß. Vom Charakter her voll harmlos, sehr verletzlich, daher wohl auch der ganze Körperschmuck als Schutzmechanismus.

Sie erzählte, dass sie zeitlebens von Männern verletzt wurde. Schlechte Beziehung zu ihrem Vater, der sie oft geschlagen hatte, sie wurde von allen ihren Ex-Freunden betrogen und belogen. Das war also ihre Reaktion darauf. Verständlich irgendwo. Sie fragte mich nach meinem Leben. Ich antwortete: „Ich bin in einer Beziehung, aber wir führen eine offene."

So ging ich sicher, nicht gleich von ihr in das gefährliche Fremdgehraster eingestuft zu werden. Sie akzeptierte meine etwas geflunkerte und doch reale Ist-Situation. Jackie intensivierte den Flirt. Ich machte mit und fragte sie über ihre Tattoos aus. Sie erklärte mir ihre Geschichten und ließ tief blicken. Sie verriet mir, dass auch ihre Brüste tätowiert seien, ebenso ihr Po. Auch ihr Schambereich hätte Schmuck zu bieten. Das machte mich neugierig. Irgendwann meinte sie:

„Ich kann es Dir zeigen, wenn es Dich interessiert." Ja, es interessierte mich! Sie wohnte im schönen Bad Wörishofen. Ich hatte folgende Idee: „Wenn Du magst, komme ich Dich mal besuchen." Darauf hatte sie Lust. Wir vereinbarten einen gemeinsamen Thermentag in der Therme dort.

Meiner Gattin erzählte ich von einem Auswärtstag in Bad Wörishofen. „Dort muss ich kurzfristig eine Schulung halten. Dauert den ganzen Tag. Ich werde mir ein Hotel nehmen und abends noch in die Therme 2 Stunden gehen zum Relaxen. Die soll sehr schön sein, ähnlich wie unsere in Erding.

Ich komme dann am Tag darauf gegen Mittag wieder." Andrea gab mir ihren Segen. Ich erzählte Jackie von meinem Plan der Übernachtung, und sie meinte: „Du kannst auch gerne bei mir schlafen. Ich habe eine Couch frei." Ich war mir sicher, dass es das Bett werden würde, also sagte ich Ja.

Freudig gespannt fuhr ich an besagtem Tag nach Bad Wörishofen. Wir hatten Treffpunkt 10 Uhr an der Therme vereinbart. Da stand sie schon, tätowiert und glücklich, mich zu sehen. Wir checkten ein, ich lud sie natürlich ein. „Therme und Sauna – Tageskarte für uns beide."

100 Euro später begaben wir uns auf den Weg zu den Umkleiden. Ich wollte nicht aufdringlich sein, also schloss ich mich alleine ein. Sie neben mir. 5 Minuten später trafen wir uns im Bademantel. Wir wollten zuerst in den Thermalbereich. Ab ins Heilwasser! Jackie ließ ihren Mantel fallen und ich sah mehr von ihr: Das komplette linke Bein war komplett tätowiert.

Der Fuß, alle Zehen. Krass. Rechts war noch blanko. Aber das sollte sich ja bald ändern. Sie trug einen schicken Bikini und ein passendes Höschen, beides in schwarz. Ihr Körper war schön. Jung und mädchenhaft noch von der Silhouette. Ihre Brüste klein. Alle schauten sie an. Eine Außerirdische war sie nicht, aber vielleicht ein Alien?

Im Wasser machten wir es uns gemütlich. Wir relaxten gut. Plauderten. Betrachteten uns. Trugen uns gegenseitig durch das Wasser. Alles noch harmlos. Flirteten. Nach 2 Stunden hatten wir Lust, einen Schritt weiter zu gehen: in die Saunalandschaft.

Als sie vor mir ihre nassen Sachen auszog, hatte ich Adleraugen. Das, was ich zu sehen bekam, war krass-schön. Beide Busen waren überdeckt von einem großen Symbol, das runter bis zum Bauch ging. Nippel-Piercings rechts und links.

Ihre Pobacken waren dicht. Ihre süße Muschi trug statt Schamhaaren ein Meisterwerk zur Schau. Ein Picasso? Oder ein van Gogh? Dali? Ja, diese 34-Jährige hatte viel an ihrem Körper machen lassen. Aber es gefiel mir bei ihr. Normalerweise ist das viel zu viel für mich. Ich habe nichts gegen Tattoos, ein kleines hier oder ein aussagekräftiges da kann ganz nett und sexy sein, aber diese Menge war doch eigentlich nicht mehr normal.

Jackie aber stand ihre fixe Körperbemalung. Wir gingen in die Rosensauna. Bei gutem Duft betrachtete ich ihren Body und wurde langsam geil. Bevor er steif wurde, hielt ich ihn mit eiskaltem Wasser der Dusche zurück. Wir legten uns hin.

Im Mantel wieder. „Du bist sehr hübsch", lobte ich sie. „Du auch", lobte sie mich. Sie nahm meine Hand. Wir hielten Händchen. Irgendwann hatte sie Hunger. Wir wollten es Zwölfe sein lassen und aßen Pommes und Schnitzel. Lecker! Dazu Cola. Lecker! Danach zurück ins Wasser. Sie wollte getragen werden. Ich trug sie und spürte ihren Po unter meinen Händen.

Ich trug sie so, dass meine Finger ihr vorsichtig zwischen die Beine griffen und ich mehr als nur ihren Po spürte: nämlich ihr A-Loch bedeckte und Teile ihrer Schamlippen. Sie spürte das sehr wohl, doch ließ es ohne Wenn und Aber zu. Mit geschlossenen Augen genoss sie. Ich starrte von oben auf ihren schwebenden Körper. Geil! Dann wollte sie mich tragen.

Auch ihr Griff war mehr als ein Po-Griff. Sie hielt meine Hoden mit. Ganz sanft. Ich ließ mich treiben und genoss es, ihre zarten Hände so subtil an meinem Körper zu spüren.

Mein Penis war über Wasser. Er wurde steif. Sie sah es und nutzte das schamlos aus. Sie streichelte dezent meine Hoden mit ihren Fingerspitzen. „Lass mich runter: Muss ja nicht jeder sehen, dass er steif wird", grinste ich und ließ mich fallen. Wir nahmen uns die nächste Sauna vor: eine Unterirdische mit Sole. Die war heiß. Wir schwitzten gut.

Danach – nach Abkühlen und Ausruhen – gingen wir in einen Whirlpool. Unter Wasser blubberten nicht nur die Blasen. Auch ihre Hände waren aktiv. Plötzlich spürte ich ihre rechte Hand an meinem Dick. Sah keiner, da es mächtig schäumte. Ich genoss es und zwinkerte ihr zu. Sie lächelte süß. Sie hatte kleine Hände und kleine Finger.

Doch diese wussten genau, was ein Dong möchte. Sie streichelte ihn sanft und nahm ihn auch in ihre Hand. Keiner der anderen 2 Whirlpool-Gäste bemerkte dieses Treiben. Sie wichste ja nicht, sondern hielt ihn nur und streichelte ihn vorsichtig. Schnell wurde er richtig knallhart. Sie grinste. Nun wanderte auch meine Hand unbemerkt ihr zwischen die Beine. Ich spürte etwas Metall da unten. Gepierct war sie also auch dort unten.

Ich streichelte ihr sanft über den Venushügel, über die Schamlippen, über das Piercing. Korrektur: die Piercings. Und steckte sogar meinen Zeigefinger etwas in ihre nasse Höhle hinein. Jackie atmete schneller als vorhin, aber unauffällig. Endlich verließ das ältere Paar unsere Sex-Wanne, doch ein anderes, etwas attraktiveres Paar kam dafür rein.

War mir egal, ich hatte meinen ganzen Fokus bei Jackie. Nach 20 Minuten im Blubber-Bad wanderten wir weiter in Sauna Nummer 3: eine neblige. Irgendwann flüsterte mir Jackie ins Ohr: „Komm doch mal mit."

Sie schleifte mich in einen Seitbereich, wo einzelne Duschkabinen waren. Die konnte man von innen abschließen. Sie sperrte ab, dann küsste sie mich. Auf Zehenspitzen, denn ich war größer als sie.

Ich umarmte sie und spürte ihren ganzen Körper. Schön war dieser. Sie ließ die Dusche volle Pulle duschen, also hörte uns niemand. Während das Wasser seitlich von uns einschlug, kniete sie vor mir und startete ihren Blowjob.

Gut blies sie! Ihr großes Zungen-Piercing fühlte sich so spannend an. Unser Liebesspiel in der Wasserkabine konnte keine 30 Minuten dauern, das war uns klar, also gab Jackie Gas, mich schnell und geil zu befriedigen. Sie blies mit guter Unterstützung ihrer rechten Hand. Ihre tätowierten Finger umfassten meinen Dick Dong genau richtig vom Druck her.

Sie blies geil und schaute immer wieder verliebt hoch. Nach 5 Minuten kam ich. Ich informierte sie über mein Vorhaben. Sie stöpselte aus und wichste auf ihre Brüste. Die konnte sie danach abwaschen und so sämtlich Spuren beseitigen. Dann öffneten wir die Tür und gingen zurück ins Wasser. Keiner hatte uns bemerkt, keiner hatte etwas mitbekommen.

Von Jacqueline musste ich echt mehr haben! Der Abend würde sicher aufregend werden. Als es dunkel wurde, drängte ich sie zum Gehen. Sie wäre gerne noch geblieben, romantische Stimmung und so, aber ich versprach ihr eine tolle Massage, die sie nicht ablehnen konnte. 15 Minuten nach Verlassen der Therme betraten wir ihre Wohnung. Es war eine verrückt dekorierte 3-Zimmer-Wohnung mit einer Größe von 70 qm.

Hier ist die Nutzfläche gemeint. Durch schräge Wände waren es insgesamt sicher 90 qm. Sie holte uns 2 Bier aus dem Kühlschrank und wir stießen auf eine tollen Tag und einen noch schöneren Abend an. „Du hast mir eine Massage versprochen", startete sie den kommenden erotischen Teil. „Ja, das habe ich", nickte ich. „Mach Dich frei und lege Dich auf den Bauch."

Tat sie. Ich machte mich auch frei und startete, ihren bebilderten Körper zu erkunden, mit Creme. Ihre Haut fühlte sich trotz der Verfärbungen gesund an. Ihr Po war wunderschön. Ich griff ihr zwischen ihre gespreizten Beine und tastete ihre Schamlippen von hinten unten ab. Gefiel ihr sehr.

Sie hob ihr Becken an, ich glitt weiter und hatte nun auch ihre Schamlippen in der Hand. Schnell merkte ich, dass sie diese Streichelposition sehr mochte. Die mag ich ja auch als Mann, so von hinten. Ich begann mit der Stimulierungsarbeit. Streichelte ihre unteren Lippen, spielte mit den Piercings und flutschte dann in ihre Höhle rein. Das fand sie geil.

„Ah, Oh", stöhnte sie. „Ja, weiter, wunderschön." Ich machte weiter wunderschön. Meine Bewegungen wurden präziser. Ich bearbeitete ihre Clit. Die wuchs auf Erbsengröße heran. Ein paar Minuten später fing sie an zu zucken. Sie stöhnte all ihre Lust ins Kissen hinein. Ihr Körper war steif wie ein Brett, als sie kam. Dann zuckte er wild, danach erschöpfte er sich.

Schließlich drehte sie sich zu mir um, küsste mich auf den Mund und sagte: „Danke, das war mega!" Kuss. „Kannst Du es nochmal so machen?" Klar konnte ich. Der Womanizer kann alles!

Wieder streichelte ich ihren Po und glitt ihr über die Innenseiten ihrer Schenkel langsam unter ihr Becken. Sie hob ihre schmalen Hüften wieder an, während ich ihre Schamlippen und ihren Venushügel streichelte. Ich spürte schnell ihre immer noch erbsengroße Stecknadel, die mächtig pulsierte.

Sehr aktiv war sie und gut durchblutet. Der Champ stimulierte die Jackie so gut, dass 2 weitere Höhepunkte, diesmal direkt am Stück, folgten. Erschöpft senkte sich der bemalte Körper und die Kleine schnaufte ins Kissen aus. Als sie sich umdrehte, hatte sie einen hochroten Kopf. Ja, Sex kann ganz schön anstrengend sein, selbst passiver.

Sie drückte mich fest, ich drückte sie zurück. „Massierst Du mich auch?", fragte ich sie lieb. „Klar", nickte sie und holte eine Flasche Öl. Sie legte ein Handtuch aufs Bett und ich mich darauf. Es wurde eine sehr, sehr erotische Massage. Nichts für schwache Nerven. Jacqueline nutzte viel Öl und machte auch Body-to-Body mit mir. Sie glitt und rutschte mit ihrem Körper auf meinem herum, dass es nur so flutschte. Geil war es!

Vielleicht würde sie mich dabei ja tätowieren mit ihrer Farbe. Ich lag auf dem Rücken und genoss, wie sie akrobatisch die Arbeit einer Sex-Workerin verrichtete. Kenne ich gut aus den Massagesalons.

Dann drehte ich mich um. Body-to-Body war ihre Spezialität, denn sie machte einfach damit weiter. Körper auf Körper machte sie mich heißer und heißer. Endlich widmete sie sich meinem Schwanz, der ihr längst stehend zu verstehen gab, dass nun seine Zeit gekommen war. Mit viel Öl streichelte sie ihn ölig und startete die Handarbeit, die sie gekonnt mit dem Mund begleitete. Sie masturbierte sehr gut.

Ihre kleinen Hände hatten den perfekten Grip. Ihre vielen Tattoos schenkten mir das gewisse Etwas. Es hätte noch etwa 60 Sekunden gedauert, da kam sie auf die Idee: „Ich möchte mit Dir schlafen." „Das machen wir später, Süße, jetzt mach es bitte so zu Ende. Ich komme gleich."

Sie nahm ihre finale Position ein. Seitlich über meinen Oberkörper legte sie sich, sodass ich ihren Rücken sah. Große Tattoo-Augen schauten mich an. Meinen Penis sah ich hingegen nicht. Aber ihr Griff war umso besser. In dieser Position durfte sie es zu Ende machen. Mit einer Temposteigerung bewirkte sie genau dies: ich spritzte kräftig ab.

Mein zweiter Orgasmus gefiel mir ungemein. Aber ich wusste: Ein dritter würde noch folgen. Eine kuschelige Stunde später fickte ich sie. Ich habe in meinem Leben schon unendlich viele Frauen gefickt, aber eine derart krass tätowierte war mir neu. Ihr Körper wollte es zärtlich, nicht hart. Gemütlich schob ich ihr meinen Knüppel ein und startete die Mechanik. Vor, zurück, vor, zurück. Jackie genoss. Sie wollte Doggy starten.

Ich betrachtete die Muster an ihrem Hintern derweil. Dann durfte sie reiten. Rücklings zuerst. Sexy bewegte sie sich, aber rücklings war nicht ihre Stärke. Vorwärts umso mehr! Ihre Waden leisteten exzellente Muskelarbeit. Hoch und runter hob und senkte sich ihr Becken. Mein Penis war zu sehen, war nicht zu sehen, war zu sehen, war nicht zu sehen.

Bis an den Anschlag verschlang sie ihn. Ja, so wollte ich abspritzen. Tat ich auch. 5 Minuten später. Starke Sexgefühle durchströmten meinen Körper. Obwohl es mein dritter Orgasmus des Tages war, staunte sie über die Menge meines Spermas im Kondom. Auch ich staunte. Wir bekamen Hunger. Bestellten Pizzen. Ich holte sie. Sie wollte liefern lassen, aber ich wollte ein paar Minuten für mich.

Um mich bei Andrea zu melden. Meine liebe Frau schickte mir so viele Küsse durchs Telefon, dass mir vor Freude fast die Tränen kamen.

Ja, sie musste einiges wiedergutmachen. Ich brachte Jackie und mir unseren Pizzen und wir dinierten köstlich zu gutem Wein. Dann machten wir es uns auf dem Sofa gemütlich. Schauten einen Film. Zum Schlafengehen fragte mich die Tattoo-Frau, ob ich noch einmal kommen könne. Ich bejahte. Sie jubelte. Ich jubelte. Wir fickten nochmal. Diesmal war ich der durchweg Aktive.

Ich bumste sie von vorne, von hinten, von oben, von unten, von der Seite. Ich bumste sie schnell und langsam. Zart und nicht hart. Und doch intensiv. Jacqueline stöhnte viel und lieferte so eine nette Musikkulisse für dieses Spektakel. Sie kam als Löffelchen. Danach nochmal als Reiterin, als sie gleichzeitig zu meinen Stößen ihre Pussy rubbelte. Irgendwann war meine Konzentration gebrochen. Ich musste cumshooten.

Ich cumshootete. Riss mir davor das fast gerissene Kondom herunter und wichste mich selbst zum point of no return. Als ich diesen erreichte, übergab ich Jackie. Sie griff zu und übernahm mit dem Mund. So kam ich in ihren Mund. Mit allem, was ich noch zu bieten hatte. Und das war noch viel. Die Hellbraun-Haarige schluckte alles. Nun war ich leer und müde.

Arm in Arm schliefen wir ein. Am nächsten Morgen klingelte der Wecker um 8 Uhr. Ich erklärte ihr, dass ich gegen 12 fahren müsse. Wir hatten noch Zeit für uns. „Darf ich ein paar Fotos von Dir und Deinen Tattoos machen?“, fragte ich sie. „Deine Kunst ist wirklich wunderschön.“ Sie ließ es komplikationslos zu. Ich knipste einzelne Stellen ab, aber auch ihren ganzen Körper in einem. Nude pics. Sexy pics!

Dabei startete sie einen Blowjob. Ich drückte weiter ab, sie hatte nichts dagegen. Das Ende des BJs war meine Unterschrift in ihren Mund. Danach leckte und rubbelte ich sie glücklich. Sie kam zweimal. Nun frühstückten wir. Jackie war eine Frühstücksgenießerin. Sie deckte auf wie für 5 Leute.

Ich schätze, das Frühstück muss ein halbes Vermögen gekostet haben. Mehr als in jedem 5-Sterne-Hotel. Danach war immer noch Zeit, also fickten wir noch einmal. Im Stehen.

Sie bückte sich nach vorne unten und ich nagelte sie gut. Sie wäre fast umgefallen, hätte sie sich nicht an der Wand abgestützt. Auch liegend taten wir es noch. Ich kam, als sie auf mir ritt. Dann sagte ich Tschüss und fuhr nach einem langen Kuss.

Jackie gefiel mir außerordentlich gut. Ich verstand mich mit ihr, sie war ein wenig anders als die typische Frau. Anhand der vielen Textnachrichten und den Herzen, die sie mir schickte, war mir schnell klar, dass sie sich in mich verliebt hatte. Nicht gut. Ich musste ihr reinen Wein einschenken.

Ich rief Jackie an: „Ich muss Dir etwas Wichtiges sagen. Ich weiß, dass Du viel für mich empfindest, auch ich empfinde viel für Dich. Aber Du musst wissen, dass ich verheiratet bin und 2 Kinder habe. Du hast mich nicht danach gefragt, und ich wollte es nicht als Stimmungskiller in die Runde schmeißen."

„Was?", hörte ich sie hysterisch schreien. „Du bist verheiratet?!" „Ja", antwortete ich. Stille am anderen Ende. Ich fuhr fort: „Meine Frau und ich führen eine lockere Ehe. Aber wir werden für immer zusammen bleiben. Auch der Kinder wegen. Was ich Dir anbieten kann, ist eine Affäre, mehr nicht. Und wenn, dann eine geheime. Treffen, wenn es klappt, schöne gemeinsame Stunden, toller Sex, so wie wir das ja auch hatten."

Stille am anderen Ende. „Ich finde Dich zuckersüß, Du bist eine tolle Frau. Ich fühle mich sehr wohl bei Dir. Der Sex mit Dir ist aufregend. Aber wenn Du mich weiter sehen willst, muss es so laufen. Bist Du damit einverstanden?" Stille.

Eine unheimliche Stimme. War die Leitung unterbrochen? Hatte sie das Telefon beiseitegelegt? „Hallo? Hallo? Hallo?", stammelte ich verlegen. „Bist Du noch da?" „Ja", hörte ich eine fast weinende Stimme. „Überlege Dir einfach, ob Du das so annehmen kannst. Von meiner Seite aus sehr gerne. Ich habe wirklich viel für Dich übrig, Süße."

Sie riss sich am Riemen, wir kamen noch zu einem vernünftigen Ende. Sie wollte mir die Tage Bescheid geben. Ich wartete 6 Tage, ehe ich wieder eine Nachricht von ihr empfing.

„Das, was Du mir gesagt hast, hat mich so sehr traurig gemacht. Ich habe mich in Dich verliebt. Und gehofft, Du Dich auch in mich. Dass Du eine Frau hast, verletzt mich sehr. Vielleicht wäre es besser gewesen, nicht miteinander zu schlafen.

Aber so ist es nun mal gekommen. Du bedeutest mir echt viel, also nehme ich Dein Angebot an. Unverbindliche Treffen mit schönem Sex sind immer noch besser als nichts. Lass uns die Tage telefonieren. Ich freue mich schon sehr darauf, Dich wiederzusehen und Dir wieder ganz nah sein zu dürfen. Deine Jackie."

Tja, so läuft es bei mir. Jackie ist zu einer süßen Gespielin geworden. Mittlerweile hat sich auch ihr zweites Bein tätowieren lassen, was den Sex von uns aber nicht verschlechtert. Er ist genauso schön wie vorher. Einmal oder zweimal im Monat finde ich ein Zeitfenster, um ein paar Stunden oder einen Abend mit Nacht mit ihr zu verbringen. Meine Frau Andrea bekommt davon nichts mit.

Solange diese hübsche Tattoo-Frau Interesse an mir hat, werde ich mich ihres Körpers bedienen und ihre Gefühle für mich nutzen. Unverbindlicher Sex ist geiler Sex. Jackie weiß, wo sie bei mir steht. Punkt. Die Linie darf nicht überschritten werden. Sollte sie mal anfangen zu nerven, beende ich das einfach. Kein Problem für mich.

Genügend Alternativen gibt es ja für mich. Da ist zum Beispiel Elisabeth, unsere neue Schönheit in der Buchhaltung. Sie wird auf kurz oder lang in meinem Bett enden, da gehe ich jede Wette ein. Oder die Prostituierte Josefa, von der ich mich bereits viermal befriedigen ließ. Sie ist eine internationale Mischung, exotisch, aber bildhübsch. Zweimal habe ich sie schon gebumst, einmal reichte mir ein Handjob, einmal kam ich französisch.

Außerdem bin ich demnächst wieder für 1 Woche Dreh und Produktion in Hamburg bei meinem Kollegen Paule. Dort hatte ich vor einiger Zeit die Journalistin Mette kennengelernt, eine Halbschwedin. Halb Schwedin, Halb Deutsche.

Sie ist eine Blowjob-Queen. Wir hatten eine geile Zeit miteinander. Sie weiß schon, dass ich wiederkomme in die Hansestadt, und sie wartet auf mich. Blond, geil und willig, gerade mal 29. Dem Womanizer längst verfallen. Und wie wäre es mit Simone H., einer ehemaligen Top-Sportlerin? Bekannt in Deutschland und der Welt. Nun im Coaching- und Mentaltrainingsbereich tätig und Mutter von Zwillingen.

Ihr Ehemann ist mittlerweile ein alter Sack, also ist sie sexuell einfach nur geil drauf und offen für eine heiße Nacht. Ich lernte sie auf einer Gala kennen. Sie zeigte großes Interesse an mir, doch leider ergab sich keine Möglichkeit auf mehr.

Doch in 2 Wochen sehe ich sie wieder. Bei einer anderen Gala. Wir schreiben bereits fast täglich und sie schrieb mir gestern, dass sie mich gerne näher kennenlernen würde. Ich bin mir sicher, dieses Luder landet in meinem Hotelbett.

Auch Nadine interessiert mich. Sie ist eine Hobbynutte, mit der ich bereits gepoppt habe. Tinder lässt grüßen. Stolze 37 Jahre reif, aber dafür auch 37 Jahre erfahren. Tabus: keine. Unverheiratet, war sie immer auf der Genussstraße unterwegs.

Unser Date war unverbindlich und erfüllend. Ich fickte sie und durfte sogar in ihren Mund kommen. Sie ist mir zwar ein bisschen alt, aber für einen weiteren Orgasmus gut genug.

Polyamorie

Während meines Ehe-Breaks mit Andrea musste ich etwas tun. Mich verändern. Meinen Frust abbauen. Dampf ablassen! Also ging ich ins nächstbeste Fitnessstudio und schloss einen Trainingsvertrag ab. Körperlich bin ich ohnehin gut gebaut und habe mich all die Jahre bis heute fit gehalten. Aber eine gewisse Portion Extratraining würde mir sicher ganz gut tun, dachte ich.

Ich entschied mich für einen Luxustempel am Karlsplatz. 99 Euro kostete mich das Monats-Abo, aber das war es mir auch wert. Exklusive, hochwertige Geräte, viele Kurse, dazu mehrere Saunen und ein Swimmingpool. Auch Massageangebote vorhanden. Alles, was das Sportlerherz begehrt. Schon bei meinem ersten Training fiel mir Cornelia auf.

Eine schicke Dame Anfang 30, die auf dem Laufband um ihr Leben lief. Eine ganze Stunde lang. Ich beobachtete sie aus allen Winkeln und stellte fest: Ja, sie gefiel mir sehr. Lange, schwarze Haare hatte sie, die hochgesteckt waren. Sie trug ein hautenges Top, das ihre kleinen, aber sportlichen Brüste zeigte. Schöne Beine, einen knackigen Po. Sie erinnerte mich an die Kardashian, nur natürlich und hübsch.

Ich trainierte hart und fleißig, bis mir alles wehtat. Als Cornelia fertig war, ging sie in die Damenumkleide. Ich in die Herrenumkleide. Ich spekulierte darauf, dass sie noch eine Sauna oder den Pool anschloss, doch lag falsch. 20 Minuten wartete ich, aber sie kam nicht. Egal, ich genoss trotzdem die heiße finnische Sauna und dann den erfrischend kühlen Pool, in dem ich 20 Bahnen zog.

2 Tage später war ich erneut im Studio, und siehe da: Auch Cornelia war da! Diesmal musste ich meine Chance auf mehr nutzen. Sie kam, als ich bereits 40 Minuten trainiert hatte und schon ziemlich platt war.

Ihr Weg führte sie zuerst zu ein paar Geräten, dann aufs Laufband. Ich war fertig mit mir und der Welt, doch um an sie ranzukommen, musste ich ebenso auf das Laufband. Das rechts neben ihr war noch frei. Also los! Erschöpft kletterte ich aufs Band und startete.

Sie grüßte mich nett und lief weiter um ihr Leben. Ich musste auch Vollgas geben, um ihr zu gefallen, also holte ich das Letzte aus meinem Körper heraus. Zwischendurch stöpselte die Cornelia ihr Headset aus und wischte sich mit ihrem Handtuch durchs Gesicht. Diesen Moment nutzte ich, um sie anzusprechen:

„Na, Du hast es aber eilig. Verfolgt Dich wer, so schnell wie Du läufst?" Sie lachte und musterte mich: „Du jedenfalls wirst mich nicht einholen, so langsam, wie Du hier läufst." Guter Konter. „Hey, ich habe schon 60 Minuten hartes Hanteltraining hinter mir." „So, sieht man aber nicht", grinste sie und deutete stattdessen mit ihrem Zeigefinger auf einen glatzköpfigen Muskelmann aus dem Bodybuilding-Labor.

„Igitt", schüttelte ich meinen Kopf, „Steroide sind nicht mein Ding, weißt Du. Ich trainiere gesund und ästhetisch." Hob mein Shirt und zeigte ihr mein Sixpack. „Hier, alles Natur." Sie grinste. „Jetzt muss ich aber weiter rennen, dafür bin ich ja hier. Hast Du im Anschluss Lust auf einen Energy-Drink? Dann können wir unsere lustige Unterhaltung fortsetzen." Ich schien ihr also zu gefallen. Yeah!

„Deal", nickte ich und widmete mich auch wieder dem Training. Während sie ihre Stunde ablief, kämpfte ich mehr und mehr mit mir. Mein Körper hatte die ersten Krämpfe, aber klein beigeben wollte ich nicht. Endlich! Nach 60 Minuten piepte ihr Lauftrainer und sie stieg schweißgebadet vom erschöpften Gerät ab. Ich noch schweißgebadeter. „Du hast gut durchgehalten", lobte sie mich.

„Danke, ich krieche auch auf meinem Zahnfleisch jetzt. Statt geplanten 20 Minuten waren es nun doch auch 60 bei mir." Sie grinste verschämt. „Dafür lade ich Dich auf einen leckeren Shake ein. Was magst Du? Erdbeere, Banane? Holunder, Waldmeister? Vanille, Schoko?" „Ich entscheide mich für den Meister im Wald", deutete ich auf das grüne Etwas.

Sie bestellte sich die rote Beere. Dann setzten wir uns an die Bar. „Wie heißt Du eigentlich?", fragte ich sie. „Cornelia", schüttelte sie mir die Hand. Ich erfuhr, dass sie 31 war und von Beruf Polizistin. „Soso, Du bist also für Recht und Ordnung zuständig", mobbte ich sie. „Jawohl, ich bin Deine Ordnungshüterin. Vergehen werden bestraft!" Wir lachten.

Ich berichtete ihr von meiner Person: „Ich bin Chef einer großen TV-Produktionsfirma hier in München. Mache das schon 20
Jahre. Wir produzieren national sowie international." Auf ihre
Frage, ob ich Familie habe, antwortete ich ihr ehrlich: „Ja, Frau
und 2 Kinder. Wobei das mit der Frau bald meine Ex sein könnte. Sie hat sich nämlich aktuell von mir getrennt."

„Das tut mir Leid für Dich. Und warum?" „Keine Ahnung, sie weiß es selbst nicht", antwortete ich kopfschüttelnd
und schlürfte meinen Waldmeister-Drink. „Sie bat um eine Beziehungsauszeit mit unbestimmter Länge." „Dann hoffe ich mal
für Dich, dass alles gut ausgeht." „Danke", nickte ich. „Und
Du? Wie sieht es bei Dir aus?", wollte ich wissen.

„Ich lebe polygam", war die unerwartete Antwort Cornelias. „Polygam?" Ich überlegte kurz. Dann wusste ich es: „Du
hast also mehrere feste Partner gleichzeitig." „Ja. Wir sind zu
dritt: ich, Georg und Leonie." Ich staunte. „Und das funktioniert?" „Ja, es funktioniert prima. Ich liebe alle beide." „Dann
bist Du also bi?" „So ist es, aber erst seit Leonie, davor stand
ich nur auf Männer."

Was es nicht alles gibt! Ich war neugierig und wollte
mehr wissen. Cornelia erzählte mir, dass sie Georg vor 4 Jahren
kennengelernt hatte. Er war ihr Motorradlehrer gewesen. Rasch
wurden die beiden ein Paar. Vor 14 Monaten kam Georg mit
dem Thema Dreier auf. Cornelia reagierte zuerst ablehnend und
abweisend, ließ sich aber dann doch darauf ein. „Aus Neugier-
de", wie sie sagte.

Georg schleppte Leonie, 25, eine weitere Schülerin von
ihm an. Nach 2 gemeinsamen Treffs wurde die Atmosphäre lo-
ckerer und es passierte. Der Sex zu dritt sei „geil" gewesen,
„eine absolut neue Erfahrung". Im Laufe der Zeit entwickelte
sich Liebe daraus. Georg verliebte sich auch in Leonie. Sie sich
in ihn. „Ich und Leonie verliebten uns dann auch noch ineinan-
der. Da schlug Georg eine polyamorphe Beziehung vor.

Ich war zunächst unsicher, aber wir versuchten es. Und
es klappt! Wir sind absolut ehrlich miteinander und spielen uns
nichts vor. Und wenn einer von uns Lust auf ein anderes Abenteuer hat, dann tut er es einfach." „Hm, das ist aber nicht in der
Definition von Polyamorie so", korrigierte ich.

„Denn, soviel ich weiß, sind die sich gegenseitig alle treu." „Ja, das ist bei uns auf Wunsch anders. Treu in Sachen Liebe sind wir uns schon, aber wir können Sex und Liebe auch nochmal trennen. One Night Stands sind erlaubt."

„Und, hast Du welche?" „2 hatte ich, Leonie soviel ich weiß noch keinen, und der Georg schon ein paar mehr ... Was hältst Du noch von Sauna?", fragte sie mich plötzlich. „Gerne, bin dabei, tut immer gut." Wir verabredeten uns für in 10 Minuten in der Rosensauna. 10 Minuten später öffnete sich meine persönliche Rose: Ich sah Cornelia splitterfasernackt.

Sie kam im Bademantel auf mich zu, dann legte sie ihn direkt vor mir ab und ging vor mir als Erste in die Sauna hinein. Ich sah ihren wunderschönen Po. Perfekt trainiert war der! Sie wollte liegen. Ich sitzen. Sie legte sich hin und ermöglichte mir, einen freien Blick auf ihre Vorderseite zu erlangen. Ich wanderte von oben nach unten.

Ihre Brüste waren jugendlich schön. Ihr Bauch trainiert. Schamhaare waren keine da. Dafür sah ich ihre Schamlippen, die wie eine Rose geformt waren. Starke Beine. Dann öffnete sie ihre Augen plötzlich und hatte mich beim Gaffen erwischt. Da wir nur zu zweit, also alleine in der Sauna waren, konnten wir offen sprechen: „Vergehen werden bestraft!", ermahnte sie mich.

„Was denn für ein Vergehen, bitte schön?!", wehrte ich mich entschieden. „Spannen und Voyeurismus", sprach sie todernst, um dann aber einen Zwinker hinterher zu schicken. „Na, sag mal. Wir sind hier in einer Sauna. FKK. Wohin soll ich denn sonst schauen? An die Decke?" Ja, unser Flirt intensivierte sich. „Ich schau Dir doch auch nicht in den Schritt", grinste sie.

„Warum nicht? Kannst Du ruhig. Ich hab nichts zu verstecken. Ist ein echt Schöner. Ein Prachtexemplar." Das machte sie neugierig. Sie setzte sich auf und schaute mir zwischen die Beine. Ich öffnete diese etwas, um ihr eine möglichst gute Sicht zu gewährleisten.

„Ja, ist ein echt Schöner", nickte sie. „Wie lang wird er, wenn es darauf ankommt?" „Du kannst es ja mal darauf ankommen lassen, dann weißt Du es." Der Womanizer lebt! Cornelia schaute mir tief in die Augen:

„Ist das eine Einladung auf mehr?" Ich schaute ihr ebenso tief in die Augen: „Zumindest ein Angebot." So flirteten wir weiter, bis wir 2 Saunagänge erfolgreich hinter uns gebracht hatten. Dann wurde es spannend. Cornelia überlegte sichtbar, ob sie aufs Ganze gehen sollte. Ihre Blicke waren eindeutig geil.

Ich ergriff die Initiative: „Ich weiß ja nicht, ob Du heute noch etwas vorhast. Es ist jetzt 19 Uhr. Wir könnten zusammen essen gehen und dann einfach schauen, was passiert. Alles kann, nichts muss. Einverstanden?" Cornelia nickte: „Einverstanden. Ich habe aber nichts Schickes dabei, außer meiner Uniform. Würde gern noch kurz zu Hause vorbeifahren und mich aufhübschen."

Ich reservierte einen Tisch für 20:15 Uhr bei einem Inder meiner Wahl. Sie kam als Pretty Woman: in langem, sexy Abendkleid. Trug ihre Haare offen und war alles andere als eine Politesse. „Wow", begrüßte ich sie mit Küssen auf die Wangen, „Du siehst umwerfend aus." „Danke", freute sie sich. Wir bestellten Mango Chicken und tranken guten indischen Vino.

„Erzähl mir mehr über Deine Frau und Deine Kinder", wollte Cornelia wissen. Ich reduzierte die Infos auf ein Minimum und schindete ordentlich Mitleid für meine Person. „Verstehe Deine Frau wer mag, ich tue es nicht." Ich hingegen hinterfragte ihre lesbische Beziehung zu Leonie. Cornelia plauderte ganz offen:

„Der Sex mit ihr ist mega. Ganz anders als mit einem Mann. Irgendwie inniger. Und Leonie leckt viel besser, als jeder Mann das kann. Eine Frau weiß halt am besten, was einer Frau gefällt." Na warte, Mädel, dachte ich, das weiß ich auch allzu gut. Lass Dich überraschen! Je länger das Essen dauerte, umso klarer war, dass dieser Abend ein Besonderer werden würde.

Als ich gezahlt hatte, für uns beide natürlich, schlenderten wir nach draußen. „Und, war es jetzt das für uns heute oder hast Du Lust auf mehr?", fragte ich sie direkt. „Lust auf mehr", war ihre eindeutige Antwort.

„Zu mir oder zu Dir?" „Zu mir", befal sie und nannte mir ihre Adresse. Ich fuhr hinterher. Die Cornelia wohnte sehr schön: In Unterföhring hatte sie eine 4-Zimmer-Eigentumswohnung. Die gehörte ihr. Alles abbezahlt. Den Eltern sei gedankt.

Schön eingerichtet mit vielen Fotos aus ihrem Leben an der Wand. Ich fühlte mich sofort wohl. Frisch waren wir beide ja vom Duschen vor und nach der Sauna, also worauf warten? Cornelia machte den ersten Schritt und fasste mir in den Schritt.

„So, jetzt kannst Du es darauf ankommen lassen", küsste ich sie ins Ohr und ließ sie den Knopf meiner Jeans öffnen. Schnell war meine Hose unten. Derweil wedelte ich unter ihr Kleid und streifte es ihr ab. In Unterwäsche fielen wir auf ihr großes Wasserbett. Dann verabschiedeten wir uns von unserer Unterwäsche.

Nackt gesehen hatten wir uns ja schon, aber nackt berührt noch nicht. Während wir knutschten, spielte sie meinen Penis steif bzw. noch steifer, denn steif war er schon längst. Ich erspürte ihre Brüste und wanderte über ihren festen Bauch zum Schamhügel hin, wo ich ihre Schamlippen spürte und sofort ihre heiße Klitoris traf. „Komm, lass uns 69 machen", hauchte sie mir ins linke Ohr.

Eine gute Idee! Ich legte mich hin und sah zu, wie dieser Traumkörper auf mir Platz nahm. Noch bevor sie meinen Penis schluckte, leckte ich ihre Klitoris. Der Cornelia gefiel das wahnsinnig. Sie drückte ihr Becken immer tiefer in mein Gesicht und erschwerte mir das Atmen. Aber umso besser und tiefer und intensiver konnte ich natürlich auch ihren heißen Knopf bearbeiten.

Sie roch verdammt gut da unten. Ja, sie schmeckte auch verdammt gut da unten. Gleichzeitig befriedigte sie mich. Die Polizistin blies allerdings nicht so ganz nach meinen Wünschen und Vorlieben. Sie war eine von den Frauen, die beim Blasen der Meinung sind, nur mit Mund. Ohne Hand.

Ist auch geil, aber lieber habe ich es, wenn die Hand gut mitmacht. Fühlt sich intensiver an. Also gab ich ihr etwas Hilfestellung auf den Weg. Cornelia entpuppte sich als sehr gute Polizistenschülerin und lernte schnell. Nun blies sie optimal. Ich genoss das 69 mit ihr sehr.

Grundsätzlich liebe ich diese Position, da sie sehr intensiv ist. Für Mann und Frau gleichermaßen. „Ich squirte, nur dass Du Bescheid weißt", warnte mich Cornelia noch, aber es ging irgendwie alles so schnell.

Und schon hatte ich ihre Soße im Gesicht. Squirten ist nicht so mein Ding, aber was sollte ich tun? Ich lag unten und hatte keine Chance zu entkommen. Also machte ich das Beste daraus.

Momente, bevor ich kam, sagte ich noch schnell: „Ich komme gleich." Aber so knapp, dass auch sie nicht mehr reagieren konnte und ich mein Sperma voll in ihren Mund abschoss. Das irritierte sie ein wenig. Sie hustete kurz, dann aber blies sie sauber weiter. Mein Sperma ließ sie dabei aus dem Mund über meinen Penis laufen. Als alles fertig war, stieg sie von mir ab.

Ich verschwand erst mal kurz im Bad, um mir mein Gesicht zu waschen. Dann nahm ich sie auf meine Brust. Cornelia war eine tolle Frau, aber sicher keine, in die ich mich verlieben würde. Sie war mir etwas fremd, aber geil. Ich wollte mehr Sex mit ihr. Eine halbe Stunde später bekam ich den auch. Sie wollte reiten. Sie trug eine Spirale, also verzichteten wir auf ein Kondom.

Ich habe in meinem Leben schon verdammt viele Reiterinnen erlebt, aber eine mit solch krasser Kondition wie Cornelia noch nie. Die Bullin bewies, wie fit sie war. Sie ritt fast 30 Minuten im heftigen Rhythmus auf mir herum, mit ihren Fußspitzen am Boden und viel Arbeit in den Waden und Schenkeln. Nachdem ich nach 10 Minuten schon gekommen war, ritt sie einfach weiter, und tatsächlich: Er wurde wieder steif!

Bis ich erneut kam, kam sie dreimal. Ihre Soße lief über mich aus, aber das war mir in jeden Momenten scheißegal. Es war der Ritt des Jahres! Schlussendlich stöhnte ich lauf auf und schenkte ihr meine zweite Ladung des Ficks. Erschöpft stieg sie von mir ab. Ich war noch kaputter als sie, obwohl ich der Passive war.

„Brutal, wie gut Du reitest. Hut ab vor Deiner Kondition", lobte ich sie. Während wir uns ausruhten, fiel mein Blick auf ein Foto neben ihrem Bett. „Sind das Georg und Leonie?", wollte ich wissen. „Ja, das sind sie", nickte Cornelia.

Dachte ich mir´s doch: Ein Mucki und eine bildschöne, junge Frau waren darauf zu sehen. Eine rechts und einer links von Cornelia. Ein gelungenes 3er-Foto. Mein Gedankenkino begann. Das bemerkte Cornelia natürlich. „Und, gefällt Dir Leonie?" „Ja, sie ist eine sehr hübsche Frau", nickte ich.

Und nun startete wohl auch das Gedankenkino von Cornelia. Aber noch frecher wollte ich nicht werden. Ich war ja glücklich, hatte diese sexy Politesse erobert und ins Bett bekommen.

Ich schlief bei ihr und musste am nächsten Morgen früh zur Arbeit. Wir verabredeten uns für Samstag zum gemeinsamen Training. Samstag. Nachdem ich meine lieben Kinder besucht hatte und mit ihren Eis essen war, düste ich zum Training. Meiner Andrea, die ich auch kurz sah, erzählte ich von meinem neuen Hobby im Studio. Schien ihr zu imponieren, doch mehr auch nicht.

Cornelia und ich trafen und an der Rückenstation, wo wir unser gemeinsames Training starteten. Über Arme, Bauch und Beine ging es dann zum einstündigen Laufen. Stöhn! Dann Sauna. Erneut genoss ich den freien Umgang mit der Hübschen und wir flüsterten uns gegenseitig unsere heißen Pläne für den Abend ins Ohr. Ich: Gemeinsam Essen gehen. Sie: Danach zu mir. Ich: 69. Sie: Fick Doggy Style. Ich: Handjob. Sie: Schöne Massage.

Wir beide waren Hellseher, denn genau so spielte es sich später auch ab. Zuerst machten wir 69er-Petting, aber ohne Orgasmen. Dann fickte ich sie als Hund, bis ich in ihr kam. Als Belohnung dafür schenkte ich ihr eine ausgiebige Massage mit Hand- und Mundakrobatik. Ich zählte 4 Orgasmen, wobei das Squirten immer gleich stark blieb. Interessant.

Dann war ich wieder fit und genoss einen Handjob, den sie beidhändig durchführte. Einhändig ist mir lieber, aber bei beidhändig sage ich auch nicht Nein. Ich kam heftig und hoch. Cornelia staunte. So schliefen wir ein. Am Sonntag sah ich meine Kinder wieder, auch Andrea kurz, danach fickte ich Cornelia blau. Diesmal war meine Kondition gefragt.

Als Missionar tat ich es über 30 Minuten lang und kam zweimal. Funktionierte gut bei ihr mit Drinbleiben und einfach weitermachen. Ist nicht bei jeder Frau reizvoll. Erschöpft schliefen wir ein.

So ging das noch 3 weitere Wochen mit uns, bis zu dem Tag, an dem mir Cornelia einen echt spannenden Vorschlag unterbreitete: „Ich habe Georg und Leonie von Dir erzählt. Wenn Du Lust hast, könnten wir mal einen Vierer machen.“

Ich überlegte. Sex mit Leonie, so geil, wie diese auf dem Bild aussah, interessierte mich sehr. Aber Sex mit Georg nicht die Bohne. Ich bin doch nicht schwul!

Das sagte ich Cornelia auch so, aber natürlich nicht so offensiv. Ich fragte sie nach einer anderen Lösung: Ein Dreier mit ihr und Leonie. Dafür wäre ich offen. Cornelia meinte, sie müsse sich das überlegen und mit Leonie und Georg absprechen. 4 Tage nach dem gemeinsamen Training, wir saßen in der Sauna, zu zweit, meinte sie dann: „Also, war alles ein bisschen schwierig.

Aber Leonie ist mit einem Dreier einverstanden. Georg war dagegen. Wir tun es also hinter Georgs Rücken. Wenn Du immer noch möchtest." „Klar, ich bin dabei, wenn Ihr das so für Euch verantworten könnt." „Können wir, sind ja keine kleinen Mädchen mehr", grinste Cornelia. Wir vereinbarten den kommenden Donnerstagabend für unser geiles Sex-Date.

Ich freute mich wie Wolle und Bolle zusammen. Als ich die Leonie sah, wusste ich, ich hatte die richtige Wahl getroffen. Die Süße sah optisch aus wie Larissa Mar. aus dem Dschungel: groß, blond, schlank und versaut. Live noch hübscher als auf dem Foto. Nach einem netten Kennenlerngespräch zu dritt wurde es heiß:

Leonie und Cornelia standen auf, nahmen mich eine links und eine rechts an die Hand und führten mich auf ihre Spielwiese. „Ist das Dein erster Dreier?", fragte mich Leonie. „Oh nein, bei weitem nicht", womanizerte ich. „Umso besser, dann kannst Du uns beide ja so richtig gut befriedigen", lächelte Leonie und ließ ihre letzten Hüllen fallen.

Ein Traumkörper von Frau zeigte sich mir. Unten hatte sie ihre Schamhaarstriche zu einem dynamischen Herz rasiert. Sieht man so nicht oft, sieht aber geil aus! Sie war die Erste, die sich an meinem Mund zu schaffen machte. Küsse mit Zunge. Derweil zog mir Cornelia meine Hose und meine Unterhose aus und küsste mich auch: am Schwanz!

Sie blies erstmal ganz langsam, da die beiden Ladies ja einiges mit mir vorhatten. Nach ein paar Minuten Vorspiel legten sie sich nebeneinander und ließen sich von mir abwechselnd ein wenig lecken.

Leonies Pussy schmeckte süß und unschuldig gut. Ihre Schamlippen waren klein und etwas versteckt, aber sehr empfindlich. Dafür wuchs ihre Clit mächtig groß heran. Mein Oralsex führte bei Leonie schnell zum Orgasmus. Dann wurde es richtig geil:

Leonie und Cornelia praktizierten 69. Cornelia unten, Leonie hockte über ihr. Beide leckten sich gegenseitig. Und ich? Ich fickte Leonie von hinten. Sie bestand auf Gummi und hatte extra welche dabei. Plötzlich kam Cornelia. Leonie setzte sich rechtzeitig auf und rubbelte mit der Hand zu Ende.

Cornelia squirtete heftig. Ich konzentrierte mich mehr auf den süßen Po von Leonie, den ich ganz fest hielt. Mein Schwanz war mittendrin. Er verwöhnte Leonies Pussy gut, während Cornelias Zunge Leonies Scham und den Anfang ihrer Klitoris stimulierte. Das bewirkte einen zuckenden Orgasmus der 25-Jährigen.

Sie schrie laut und verengte ihre Muschi enorm dabei. Ich hielt inne und genoss das Pulsieren, dann wollte ich mehr. Harte Stöße bereiteten mich, Leonie und Cornelia auf meinen Höhepunkt vor. Keuchend kam ich. Danach brach ich zusammen vor Glück. Auch die Mädels waren bedient und ließen sich genussvoll fallen.

Irgendwie hatte ich das Gefühl, das war nicht der erste Gruppensex, den die Ladies miteinander hatten. Zu vertraut war das ganze Spektakel. Aber egal. Nur nicht den schlafenden Leoparden wecken. Und Georg schon gar nicht! Einfach mitmachen und genießen.

Während ich da lag und mein Penis immer noch berauscht herumzuckte, widmete sich Leonie ihm: „Ja, Du hattest Recht, Cornelia. Seiner ist wirklich ein Prachtstück. Er ist nicht zu lang, nicht zu klein, nicht zu dick, nicht zu dünn.

Er ist genau richtig!" Ich freute mich wie Duggan. Dann philosophierten wir über die schönste Sache der Welt: SEX! Über Oralsex, über Männer, über das Womanizer-Toy, das beide liebten, und über Masturbation. Dabei blieben wir hängen. Aber nicht beim Womanizer, sondern beim Wichsen der Männer.

Cornelia behauptete, dass kein Mann sich in unter 3 Minuten selbst zum Abspritzen bringen kann. „Ich als Frau brauche mindestens 5 Minuten, um ihn zum Orgasmus zu bringen.

Männer, naja, die kennen ihren Schwanz natürlich in- und auswendig. Vielleicht 4 Minuten, wenn sie gut sind. Aber noch schneller? 3 vielleicht mal, wenn sie total gestaut sind. Aber darunter unmöglich."

„Also ich schaffe es in unter 3 Minuten", prahlte ich. „Glaube ich nicht. Wenn Du 15 wärst, ja, dann vielleicht, aber mit Deinen Mitte 30, hm", guckte Leonie groß. Mitte 30?! Ein tolles Kompliment. Danke! Bin ja schon über 40. Gut gehalten, was? „Ich bleibe dabei. Habe das nie nach Uhr ausprobiert, halte ich aber für machbar für mich." „Ich wette dagegen", rief die nackte Cornelia. „Ich auch", die nackte Leonie.

„Gut, dann wetten wir. Und um was?" „Solltest Du es nicht schaffen und länger als 3 Minuten brauchen, Leonie, hast Du Ideen?", fragte Cornelia ihre Busenfreundin. „Lass mich mal überlegen. Was hältst Du von einer je halbstündigen Exklusivmassage für uns beide? 30 Minuten Du und 30 Minuten ich. Dann muss unser Held uns beide schön massieren."

„Yes", rief Cornelia aufgeregt. „Und was wünschst Du Dir, solltest Du es schaffen?" So, Ihr Lieben. Jeder, der mich kennt, weiß, was ich mir wünsche: Filmen! „Wenn ich es doch schaffen sollte, in unter 3 Minuten abzuspritzen, darf ich einen Double Blowjob von Euch an mir für mich, für mein Privatarchiv filmen." „Einverstanden", snuggte die Leonie. „Ich nicht", mahnte die Politesse.

Cornelia erklärte mir verständlich, dass sie kein Beweismaterial gegen sie haben möchte. Verständlich für eine Polizistenfrau. „Vertrauen hin oder her, ich möchte einfach nicht, dass so ein Material von mir existiert, was mir irgendwann meine Karriere kosten könnte." „Verstehe ich, alles gut", nickte ich. „Aber ich würde Euch beim Blowjob filmen", bot sie an.

Deal! Auch die Leonie war einverstanden. „Da ich heute aber schon gekommen bin, wäre es unfair, jetzt die Stoppuhr anzulegen. Wäre ein nächstes, frisches Mal okay für Euch?" „Ja", aus beiden Mündern. Aber zu Ende war unser erster Sex-Abend noch nicht. Lust hatten wir noch, also: Nochmal ficken.

Diesmal tauschten die Mädels die 69er-Position und ich fickte Cornelia von hinten Doggy Shaggy, während sie Leonies Pussy schlürfte.

Ich fickte gut, wieder ohne Gummihaube, bis ich nach etwa 10 Minuten abspritzte. Mein Saft lief aus Cornelias Muschi heraus und tropfte Leonie ins Gesicht, die sich einfach bekleckern ließ. Geil!

Beide Mädels waren noch nicht gekommen, also leckten sie unbeschämt einfach weiter. Ich drehte ein bisschen am Rad und entwurmte die 69, sodass ein 2-on-1 entstand: Cornelia und ich verwöhnten Leonie, bis diese zweimal kam. Dann verwöhnten Leonie und ich die Cornelia, bis diese zweimal kam. Himmlisch das Ganze! Und vor allem so frei: Kein Gedanke an Andrea. Ich konnte fremdgehen, wie ich wollte, ohne Rücksicht auf Verluste!

Unser zweites Dreier-Date fand 3 Tage später statt. Ich freute mich wie Lukas, der Lokomotivführer auf das, was kommen möge. Bewusst hatte ich mir knallharte 2 Tage Onanie- und Sex-Pause verordnet, um die 3-Minutenmarke knacken zu können. Frisch gestylt erschien ich in der 4-Zimmer-Wohnung Cornelias, wo Leonie und die Hausherrin bereits auf mich warteten.

Schnell landeten wir im Bett. „Und, bist Du bereit?", fragte mich Leonie mit leuchtenden Augen. „Ja, bin ich", strahlte ich. „Ich wiederhole nochmal unsere Wette. Ihr beide wettet, dass ich mich selbst nicht in unter 3 Minuten zum Orgasmus wichsen kann. Korrekt?" Beide Schönheiten nickten. „Solltet Ihr gewinnen, massiere ich Dich, Leonie, 30 Minuten lang exklusiv, und danach Dich, Cornelia, 30 Minuten lang exklusiv."

„Oh ja, ich freue mich schon darauf", kicherte Cornelia. „Sollte ich es aber schaffen, bekomme ich einen Blowjob von Leonie, den Du, Cornelia, für mein Privatarchiv filmst." Beide nickten. Cool! Leonie holte ihr Smartphone ins Bett, aber nicht um Fotos zu schießen, sondern um die Stoppuhr zu starten.

„3 – 2 – 1 – Start", zählte sie und drückte aufs Knöpfchen. Und schon war meine linke Hand an meinem Schwanz und wichste um die Wette. Da ich genau weiß, wie ich es brauche, war ich mir sicher, die 3 Minuten zu schaffen.

Halbsteif war er schon, also machte ich ihn ganz steif. Schnell wichste ich, mit dem richtigen Druck an den richtigen Stellen. Beide Ladies knieten mir nackt gegenüber. Ich hätte gerne freie Sicht auf alles gehabt.

Aber das vermieden beide bewusst. Sie wollten es mir natürlich so schwer wie möglich machen. Aber ihr Anblick war mega. Ihre gespannten Blicke und ihre schönen Brüste, ihre Traumkörper machten mich ultrageil.

Ich spürte meine Adern kräftig arbeiten und wusste, gleich komme ich. Die Uhr zeigte 2:02 Minuten. Ich war gut in der Zeit. Bei 2:11 Minuten schoss der Samen heraus. Ich wichste nach vorne, also sprang er Cornelia und Leonie regelrecht an.

10 Ladungen waren es, die ich ihnen präsentierte. Danach wischte ich mich mit einem gereichten Handtuch sauber und schaute in die Runde. „2 Minuten und 11 Sekunden", murmelte Cornelia, „Hut ab, Du hast es tatsächlich geschafft. Hätte ich nicht gedacht." Um mir die Zeit bis zum versprochenen Super-Blowjob zu versüßen, kuschelte ich eng mit beiden. Dabei sprachen wir wieder über Masturbation und den Womanizer.

Beide hatten einen. Ich kam auf die Idee, den doch mal ins Liebesspiel mit einzubeziehen. Beide waren einverstanden. Die Cornelia stellte ihr Exemplar bereitwillig zur Verfügung und wollte gleich die erste Testkandidatin sein. Während Leonie und sie knutschten, setzte ich das mir bekannte Teil auf Cornelias Stecknadel. Sie stöhnte laut auf, als ich ihn anschaltete.

Andrea hat ja selbst mehrere davon und liebt diese Toys abgöttisch. Der Womanizer bringt einfach jede Frau zum Orgasmus! Diese Garantie bestätigte sich auch bei Cornelia. Nach 4 Minuten bebte sie sich einen ab. Danach tauschten Leonie und ich. Nun hielt ihr Leonie das Teil hin, während ich Zungenspiele mit der Polizistin durchführte. Der Womanizer erzielte dasselbe Resultat:

Die Empfängerin musste kommen. Nun war Leonie diejenige, die befriedigt werden wollte. Same procedure: Zuerst schenkte ich ihr mit dem Womanizer einen krassen Orgasmus, während sie mit Cornelia Lippen austauschte.

Dann durfte Cornelia ihre Busenfreundin zum Höhepunkt bringen. Sogar 2 hintereinander waren es. Alle waren nun happy. Jetzt war mein Moment gekommen: „So, Ladies, es wird gefilmt!" Ich übergab Cornelia mein iPhone und begab mich in die bequemste Liegeposition. Cornelia legte sich neben mich und filmte aus meiner und ihrer POV-Perspektive.

„Go!", rief sie. Leonie krabbelte auf mich zu, zwischen meine Beine, und startete. Zuerst küsste sie meine Beine aufwärts: die Unterschenkel, die Oberschenkel, die Hüften. Dann blieb sie in der Mitte stecken. Sanfte Küsse an meinem Penis spürte ich: an der Eichel, der Vorhaut und am Schambein. Wunderbar schön! Dann nahm sie ihre Hände mit.

Langsam, ganz langsam und sinnlich startete sie ihren Blowjob. Cornelia setzte sich nun auf und filmte seitlich weiter. Dann wanderte sie einmal um Leonie herum und filmte ihr von hinten durch die Beine. Ich lag da und genoss. Leonies Arbeit war gut und geil. Langsam blies sie schneller und enger. Auch ihre Hände arbeiteten nun intensiver mit. „Warte", keuchte ich und stand auf. „Mach so weiter."

Wie ein kleines Kind kniete mir Leonie zu Füßen und blies echt eindrucksvoll. Cornelia filmte das Ganze weiter aus verschiedenen Perspektiven. Als ich merkte, dass mein Orgasmus nicht mehr allzu fern war, informierte ich beide sofort darüber. Cornelia kam zu mir und filmte wieder aus meinem POV-Winkel: von oben nach unten.

Als ich kam, streckte Leonie sündhaft ihre Zunge aus und wichste mein Sperma in und an ihren Mund. Ein Spritzer ging hoch und kleckste ihr linkes Auge zu. Ich wackelte, so geil war es. Als alles fertig war, beendete C. die Aufnahme mit einem Close-up von Leonies Gesicht mit all meinem Samen.

Ich traf mich noch zweimal mit Cornelia und Leonie zum Gruppensex. Beide Male waren echt geil. Doch dann beichtete mir Cornelia im Fitnessstudio: Der Georg hatte Wind von unserer Affäre bekommen. Keine Ahnung, wie. Vielleicht hatte eine geplaudert. Jedenfalls tobte er und wollte mich umbringen.

„Daher sollten wir das besser beenden", meinte Cornelia. „Ist zwar äußerst schade, aber sicherer für uns alle." Mein Leben ist mir lieb, daher ging ich auf diesen Vorschlag ein.

Unerreichbar?

Nun ja, ehrlicherweise kann ich manchmal auch ein Schwein sein. Schwein ist vielleicht zu hart, aber zumindest ein Dreckskerl. Hey, warum beschimpfe ich mich eigentlich selbst?! Habe ich gar nicht nötig. Ein Blatt hat ja immer 2 Seiten. Eine davon war Sonja. Sie war eine bildschöne Frau und eine nun ehemalige Angestellte von mir.

Sonja kam frisch in mein Team. Sie war Mitte 20 und eine sexy Lady. Sie übte auf mich einen unglaublichen Reiz aus. Ich wollte sie haben! Doch sie war unerreichbar für mich. Sie hatte sich für ein vorübergehendes Singleleben entschieden, da sie von Männern erstmal „die Schnauze voll" hatte.

Ich baggerte und baggerte, aber sie ließ mich jedes Mal abblitzen. Sie hatte kein Interesse an mir, ich war wohl nicht ihr Typ. Genauso wenig wie sämtliche andere männliche Kollegen im Team. Keinen ließ sie ran. Ich dachte schon, sie sei lesbisch.

Ich wurde immer versteifter darauf, sie zu bekommen, dass ich mehr und mehr verzweifelte, weil ich sie nicht bekam. Ich musste sie aber haben, koste es, was es wolle. Sie war groß gewachsen und sportlich schlank. Hatte lange, rote Haare wie Arielle, die Meerjungfrau. Lockig. Ihre Augen waren pure Magie: Sie hatte rot funkelnde Eyes.

Sonja kam immer aufreizend zur Arbeit, das irritierte mich umso mehr. Ich war mittlerweile versessen auf sie. Um sie zu bekommen, überlegte ich, wie ich dies anstellen könnte. Ich tauchte ab in eine etwas andere Welt, wo Poppers und Crystal den Alltag bestimmen. In München kein Problem. Ich organisierte mir unter der Hand etwas Illegales, nämlich jene Poppers und Crystal, die brutal abhängig und dazu sexuell geil machen.

Es war ein Versuch wert. Bei der abendlichen Feier der nächsten Firmenveranstaltung war es dann soweit: Alle lachten, tranken Alkohol, tanzten und hatten Spaß. So auch Sonja. Kurz vor Mitternacht suchte ich das Gespräch mit ihr. Wir unterhielten uns nett, mehr nicht. Ich fragte sie, ob sie Lust habe, mal richtig abzugehen. „Wie meinst Du das?" Ich holte dezent etwas aus meiner Hosentasche und hielt es ihr hin.

„Was ist das?" „Ein Spaßmacher", lächelte ich. „Magst Du mal probieren?" „Nimmst Du das auch?" „Ja, klar, ich habe mir gerade auch schon etwas davon eingeschmissen, mir geht es super. Macht voll Laune." Sonja war offen dafür. Ich gab ihr etwas ab, sie mischte es in ihren Drink und trank alles aus. Ja, jetzt ging es ihr so richtig gut. Sie wurde high.

Ausgelassen tanzte sie auf Tischen und legte einen halben Strip für alle hin. Bevor es ein ganzer wurde, schützte ich sie und nahm sie an meine Seite. Autofahren konnte sie nicht mehr, das stand fest. Ich erklärte mich bereit, sie nach Hause zu fahren. Tat ich. Widerwillig kam sie mit und beendete ihre Fete.

Ich schickte meiner Andrea eine SMS mit der Message, dass ich noch 3 Kollegen, die nicht mehr in der Lage waren, dies selbstständig zu tun, nach Hause fahren werde. Da schrieb sie: „Du bist echt der beste Mann, den man haben kann." Recht hat sie!

Als ich Sonja in ihre Wohnung trug, war diese bereits sehr benebelt. Sie wohnte schön und groß für eine 25-Jährige in München. So viel verdiente sie doch gar nicht. Na, wahrscheinlich reiche Eltern. Ich legte sie auf ihr Bett und betrachtete sie: Was für eine Schönheit! „Komm her und fick mich!", rief sie plötzlich. Genial, das Zeug wirkte! Es hatte sie richtig benebelt und willig gemacht.

Ihr war egal, wer sie ficken würde, Hauptsache einer. Und dieser einer war ich. Endlich! „Los jetzt, ich möchte ge fickt werden!", rief sie mir erneut zu. Sie wollte es, also bekam sie es. Ich zog mich aus und sie. Sie ließ es sich gefallen, wehrte sich nicht. Sie sah so schön aus. So sexy. Ein roter Schamhaarstrich senkrecht verzierte ihre süße Muschi.

Die musste ich lecken! Ich startete, doch sie rief: „Ich will ficken!" Na gut, dann halt sofort das volle Programm. Ich hatte ein Kondom in rot dabei, das zog ich an. Dann drang ich auf ihr in sie ein. Ich drang tief in sie ein. Sie nahm alles hin.

Ich fickte sie gut und hart. Sie nahm alles gut und hart. Sie stöhnte laut und hemmungslos. Ich knallte sie gut durch, sie war so schön. Ihre Augen waren im Wechsel weit aufgerissen und krampfhaft geschlossen. Nach etwa 15 Minuten schoss ich ab. Es war ein geiler Fick gewesen.

Ich hatte sie endlich gehabt, diese verdammte Traumfrau. Ich deckte sie zu, gab ihr einen Kuss auf die Stirn und verdrückte mich. Weekend. Wochenende. Dann wieder Montag. Arbeit. Ich war gespannt, wie sie auf mich reagieren würde. Ich war erstaunt: ganz normal. Sie tat so, als wenn nichts gewesen wäre. Doch am späten Nachmittag, kurz vor Feierabend, kam sie zu mir: „Hast Du noch was von dem Zeug für mich?", flüsterte sie mir ins Ohr.

Klar, hatte ich, aber nicht hier auf Arbeit. Ich versprach ihr, morgen nach der Arbeit bei ihr zu Hause vorbeizuschauen und ihr etwas mitzubringen. Sie war einverstanden. Tags darauf tauchte ich bei Sonja auf. „Was kostet es?", fragte sie. „Nichts als einen Fick", antwortete ich knallhart. Sie war etwas zittrig. Sie wollte das Zeug unbedingt.

Sie überlegte. „Okay", nahm sie es mir aus der Hand und bediente sich gleich mit der ersten Ladung. Und schon setzte die Wirkung ein. Das war echt ein Teufelszeug. Ihr ging es schon gleich viel besser, sie strahlte und sah viele bunte Sterne. Ich zog mir meine Klamotten aus, ihre gleich mit, dann stach ich ein. Sonja ließ sich auch diesmal wieder gut ficken.

Sie war noch nicht ganz weg, sondern wusste in diesem Moment genau, was passierte. Sie musste sich ficken lassen, sonst hätte sie das Zeug nicht bekommen. Deal ist Deal. Ohne viel Emotion ließ sie es zu. Ich aber hatte viel Emotion, denn ihr wunderschöner Körper versetzte mich erneut in Ekstase. Während sie auf dem hohen Bett lag, breitbeinig, stand ich am Bettrand und fickte sie geil. Es tat mir so gut.

Nach etwa 10 Minuten kam ich ins Gummi. Ich verabschiedete mich und ging. Tja, was soll ich sagen: So ging das mit Sonja und mir weiter. Stoff gegen Sex. Ich machte sie abhängig. Eigentlich machte sie sich selbst abhängig, sie hätte ja jederzeit auch Nein sagen können. Aber sie sagte immer Ja. Selbst Schuld.

So fickte ich Sonja immer mal wieder über die Wochen, bis es ihr sichtlich schlechter und schlechter ging. Optisch sowie psychisch. Körperlich wie mental. Die bildschöne Sonja wurde immer kaputter. Und das innerhalb von nur 3 Monaten. Ich ging mittlerweile weiter und ließ sie nun auch blasen.

Oder spritzte ihr ins Gesicht. Sie ließ alles mit sich machen, zu abhängig war sie von dem Scheiß geworden. Ich spürte, wie sich auch ihr Wesen veränderte.

Sie machte im Job mehr und mehr Fehler, kam zu spät, vergaß wichtige Dinge, wurde leider unzuverlässig. Langsam törnte mich Sonja ab. Aus der Traumfrau war ein Junkie geworden. Ihr Kartenhaus zerbrach. Ihre Haut war nicht mehr rein und schön, sondern voller Pickel. Sie vernachlässigte auch die Körperpflege, stank sogar.

Ihre Haare wurden spröde, ihre einst sexy Fingernägel wuchsen immer länger. Genauso wie ihre Pussy-Haare. War ihr alles egal. Sie hatte die Kontrolle über ihr Leben verloren.

Trotzdem reichte mir das noch aus für einen geilen Fick zwischendurch. Doch da sie immer mehr an Schönheit einbüßte, interessierte sie mich bald nicht mehr. Da sie immer schlechter arbeitete, ließ ich sie über meine Personalchefin kündigen. Ich nutzte die Chance, um auch den Kontakt zu ihr abzubrechen. Ich schenkte ihr noch eine letzte Ladung Zeugs, ließ sie mechanisch blasen, kam in ihr Gesicht und ging.

Was aus ihr geworden ist, weiß ich nicht, aber ich ahne nichts Gutes. Ich bin nicht stolz auf das, was ich da gemacht habe. Ich wollte einfach nur Sex mit ihr. Dazu war mir jedes Mittel Recht. Dass sie zu einem Wrack wurde, dafür kann ich nichts.

Jeder Mensch hat die Wahl, Ja oder Nein zu sagen. Ich habe ihr die Drogen ja nicht eingeprügelt oder reingestopft, sie nicht gezwungen, alles zu nehmen. Sie, ja, nur sie wollte es so. Es war ihre alleinige Entscheidung. Daher kann ich mir auch nicht den Schuh anziehen, verantwortlich für ihren Abstieg zu sein. So, Thema beendet.

Käuflichkeit

Laetitia war die erste Frau, mit der ich Andrea seit unserer Versöhnung betrog. Betrügen ist wie gesagt aber das falsche Wort. Sagen wir vergnügte, also: Laetitia war die erste Frau, mit der ich mich seit der Versöhnung mit Andrea vergnügte. Doch auch dies trifft nicht ganz zu, da es kein richtiges Vergnügen für mich war. Im Gegenteil. Aber der Reihe nach.

Laetitia war eine mächtige Geschäftsfrau. Sie unterbreitete mir das Angebot, meine Firma zu kaufen und zu übernehmen. Klares Nein meinerseits, obwohl ihr Angebot echt großzügig war. Dieses erhöhte sie, doch ich hatte keinerlei Interesse zu verkaufen.

Auch 1,5 Millionen oberdrauf konnten mich nicht umstimmen. Das Gespräch unter 4 Augen in meinem Office war ein freundliches, doch Laetitias Stimmung sank mit jedem Nein von mir weiter. Schließlich ergriff sie ihren Hut und ging nach einer kühlen Verabschiedung.

Ich war sie los, hatte meine Firma gerettet. Laetitia war eine bekannte Frau in der Szene, sie war gefürchtet, hatte bereits einige Firmen geschluckt und sich so weiter und weiter vergrößert. Macht wollte sie. Macht hatte sie. Sie war Mitte 40, reich verheiratet gewesen und sich noch reicher scheiden lassen. Sie hatte Ahnung vom Business, sie wusste genau, was zu tun war, erspürte Trends und war eine gewiefte Geschäftsfrau.

Lange, schwarze Haare, groß, hübsch, schlank, gut botoxiert. Wie eine attraktive schwarze Witwe erschien sie. Ein paar Tage nach dem Spuk rief sie mich an: „Ich lade Sie zu mir in meine Villa nach Starnberg ein. Ich möchte Ihnen ein Angebot unterbreiten, das Sie nicht abschlagen können." Gut, schaue ich mir die Villa halt mal an und höre, was sie zu sagen hat.

Laetitia wohnte krass schick. Ich hatte mächtig Respekt. Sie hatte auch Bedienungspersonal da. Nur keinen Mann. Kein Wunder. Sie empfing mich höflich und freundlich. Tischte Gutes zum Essen auf. Teuren Wein. Sehr teuren. Schmeckte gut. Dann wurde es geschäftlich. Sie bot mir doch tatsächlich nochmal 10 Millionen obendrauf für meine Firma.

Den genauen Betrag kann ich hier aus datenschutztechnischen Gründen und zur Sicherheit meiner Firma nicht nennen. Aber sagen wir es mal so: Von diesem Geld hätte ich aber sowas von ausgesorgt. Ich überlegte. Das Angebot war echt der Hammer. So viel hätte ich nicht mal selbst für meine Firma hingelegt.

Ich haderte. Zum einen war das Angebot mehr als doppelt so hoch wie meine Schätzung, andererseits bin ich einfach nicht käuflich. Ich liebe meine Firma! Ich habe sie zu dem gemacht, was sie ist. Ich sagte Laetitia, dass ich das nicht hier und jetzt entscheiden könne und darüber nachdenken müsse.

Ich bedankte mich bei ihr für das sehr gute Angebot und trank meinen Wein aus. Doch sie ließ mich nicht gehen. Ja, sie hatte sich extra schick für mich gemacht, da sie nicht nur mit mir essen wollte. Ihr Abendkleid muss eine halbe Million gekostet haben. Es war bestickt mit Diamanten und edlem Krimskrams. Sie führte mich hoch in den zweiten Stock, in ein riesiges Schlafzimmer.

So groß wie ihr Schlafzimmer sind andere ganze Häuser! „Und obendrauf gibt es noch mich", lächelte sie mich an und ließ ihr Kleid fallen. Ein sehr verlockendes Angebot. Laetitia hatte nur noch Unterwäsche an, die ebenso teuer gewesen sein musste wie ihr Kleid. Sie sah mächtig aus. Hatte einen tollen Körper. Sie hielt sich fit. Viel Zeit zum Nachdenken hatte ich nicht, da der Trieb mit mir durchging.

Ich entschied mich für den Sex. Ich küsste sie und trug sie wie eine Göttin auf das riesige Bett, dass 4 x 4 Meter ausmachte. Dort zog ich mich ebenso aus und startete das Liebesspiel mit ihr. Sie hatte kein Interesse, mit ihren Händen oder mit ihrem Mund meinen Penis zu berühren, sondern wollte einfach ficken.

Manchmal ist das geil, so direkt ein Fick, aber ich finde mit Vorspiel schöner. Laetitia wollte dominieren. Typisch. Sie gab mir ein Kondom, ich musste es überziehen. Dann schob sie ihr Höschen beiseite und bestieg mich. Dabei drückte sie ihre Knie ordentlich in meine Brust hinein.

Ich glaube, sie wollte mir so ihre Macht präsentieren. Sie begann zu reiten, doch so toll war das nicht. So erfolgreich sie im Beruf war, so schlecht war sie im Bett.

Sie ritt eigenartig. Außer Rhythmus und ungeschickt. Ich hielt hin und hoffte auf bessere Zeiten. Meine Versuche, die Oberhand zu gewinnen, blockte sie ab. So ritt sie mich schlecht, bis mir schlecht wurde. Nachdem sie irgendwann gekommen war, mit rubbelnder Unterstützung ihrer eigenen Hand, stieg sie von mir herab.

Dass ich nicht gekommen war, war ihr egal. Es interessierte sie nicht. Mich auch nicht, da dieser Orgasmus sicher einer der miesesten meines Lebens geworden wäre. Ich war froh, dass sie fertig mit mir war. Auch ich war fertig mit ihr. Mit so einer gefühlskalten Frau werde ich keine Geschäfte machen!

Ich verabschiedete mich dennoch höflich und fuhr nach Hause. 1 Woche später fasste ich den Mut, der schwarzen Witwe einen Korb zu geben. Meine E-Mail zeigte Wirkung: Sie rief mich sofort an. Beschimpfte mich und meinte, dass ich es sehr bereuen werde. Dann legte sie auf. Was sie meinte, bekam ich kurz darauf zu spüren.

Eine Anzeige landete auf meinem Tisch. Mit Anschuldigungen, die überhaupt nicht stimmten. Purer Quatsch. Ich rief sofort meinen Firmenanwalt an und faxte ihm den Wisch rüber. Mir war klar: Nun versuchte Laetitia mich zu zerstören, zu vernichten, vom Firmenindex auszuradieren. So begann ein lästiger Prozess, der mich fast meine Gesundheit kostete. Mir ging das Ganze sehr nah. Auch Andrea sorgte sich um mich.

Ich hatte schlaflose Nächte, weinte, hatte Kopfschmerzen und Magenkrämpfe. War einige Mal beim Arzt. Nahm Medikamente. Das anwaltliche Hin-und-Her dauerte ganze 4 Monate. Gott sei Dank ist mein Anwalt einer der allerbesten. Vor Gericht wurde ich schließlich komplett entlastet und die Laetitia musste den ganzen Scheiß zahlen.

Inklusive Imageverlust, da die Öffentlichkeit über diese von ihr initiierte Schlammschlacht berichtete. Sie hatte Schaden genommen. Nicht mein Fehler. Ich war dankbar, meinen Mann gestanden zu haben. Und so stolz auf mich und mein Durchhaltevermögen. Möge die Fotze in der Hölle schmoren!

@ *the Trampolinpark*

Der Trampolinpark, ja. Dorthin machte ich mit meinen Kids einen Ausflug. Leider ohne Andrea, da wir ja in der Auszeitphase waren. John Paul und Anna Lina sind sehr sportliche Kids, so wie ich es auch war. Beide können schon einige Tricks auf dem Trampolin springen, sogar Vorwärts- und auch Rückwärtssalto. Ich bin so stolz auf sie!

Da standen wir in der Gruppe, die gleich hinein durfte. Etwa 50 Kids und 20 Erwachsene. Stündlich wird gewechselt. Der Trampolinpark ist riesig, für jeden Springer ist genug Platz. Ich schaute in die Runde und erblickte eine kleine, aber niedliche Frau. Kurze, rote Haare, sah ein wenig aus wie der Pumuckl. Und bunte Klamotten hatte sie an. War sie noch Teenager oder schon Mama?

Laut war sie. Sie brüllte um sich immer wieder die Namen Conrad und Dolena. Schließlich war mir klar: Die beiden waren ihre Kinder. Conrad ein etwa 6-jähriger Bub und Dolena ein sehr aufgewecktes Mädchen mit ebenso roten Haaren wie die Mutter. Vielleicht 1 Jahr jünger als Conrad. Oder 2. Hektisch sorgte Sabine für Ordnung und hielt ihre Kids bei sich.

Dann wurden die gelben Schranken geöffnet und alle Kids stürmten vor. Wir Erwachsene hinterher. Sabine war eigentlich nicht mein Typ Frau, aber irgendwie fand ich sie niedlich. Sie war extrovertiert. Außergewöhnlich. Wild. Interessant. Das Gehopse startete. Meine Schätze zeigten den anderen Kids ihr Können, während Papa mit seinen gut 40 immer noch den Vorwärtssalto beherrschte. Noch einer. Und noch einer.

Irgendwann wurde mir ein wenig schwindelig und ich setzte mich. Bin halt auch nicht mehr so fit wie früher, wo ich sogar den doppelten Salto vorwärts beherrschte. Ich setzte mich seitlich und schaute meinen Kids zu.

Plötzlich gab es eine ungut harte Kollision. Es machte Bumm! Irgendetwas hatte mich getroffen. Als ich mich aufrappelte, sah ich neben mir den Rotschopf liegen. Sie war unkontrolliert in mich hineingeflogen und hatte eine kleine Platzwunde am Kopf.

Obwohl sie klar schuld war, kümmerte ich mich liebevoll um sie. Half ihr auf und erkundigte mich nach ihrer Verfassung. Begleitete sie zum Aufsichtspersonal, wo sie mit Pflastern versorgt wurde. Etwas Schlimmeres war es Gott sei Dank nicht. War kein tiefer Cut, musste nicht genäht werden.

Nach 5 Minuten torkelte sie etwas benommen auf mich zu und entschuldigte sich für ihren Fehler: „Sorry, ich hatte die Kontrolle über mich verloren. Danke, dass Sie mir geholfen haben und mir nicht böse sind." „Passt schon", lächelte ich gutmütig. Wir kamen nett ins Gespräch.

Während unsere 4 Kids wild sprangen und sich, egal wie schlimm sie fielen, nichts brachen, erfuhr ich mehr über Pumuckl: Sie war 26 und befand sich gerade im Trennungsjahr mit ihrem Mann. Ihre Kinder hatte sie früh bekommen. „Mein Mann hat eine Neue. Daher trennt sich der Sack jetzt von uns. Die Kids interessieren ihn nicht mehr die Bohne."

„Das tut mir Leid", tröstete ich sie. Ich erzählte ihr von meiner heiklen Paarsituation mit Andrea und dass ich nach wie vor viel mit den Kids mache. „Vielleicht haben unsere Kleinen ja Lust, demnächst mal gemeinsam Trampolin zu springen, was meinen Sie?" „Warum nicht", antwortete ich. Für genau diesen Fall tauschten wir unsere Handynummern und verlinkten uns über den Messenger.

Irgendwie fand ich Sabine süß, weil sie halt so anders war als die meisten meiner Bettgespielinnen. Nur leider hatte sie üblen Mundgeruch an diesem Tag. Etwas, das ich überhaupt nicht mag. Ich hasse Mundgeruch! Schon damals, mit 10, als ich mein erstes Mädel küsste, ekelte ich mich davor. Sie hatte Mundgeruch und hieß Stefanie.

Ich wäre an diesem Tag gerne weiter gegangen und hätte sogar Petting mit ihr gemacht, aber plötzlich war mir die Lust vergangen. Seitdem achte ich penibel darauf, dass Frauen gut riechen aus dem Maul. Besonders beim Küssen. Ich selbst habe immer Kaugummis oder Drops dabei, halte mich immer frisch. Denselben Anspruch habe ich auch an Frauen.

Am Abend saß ich alleine in meiner Wohnung. Ich hatte Lust auf Sex, aber keine Frau am Start. Da schrieb ich Sabine eine Nachricht. „Hey, wie geht´s?" Sie antwortete prompt:

„Danke, schon viel besser. Kopf tut zwar noch weh, aber es hat sich Gott sei Dank keine große Beule gebildet, nur eine kleine." „Wo sind die Kids?" „Die nächtigen heute bei einer Freundin. Ich muss auch mal etwas Zeit für mich haben." „Und wie geht´s Dir?"

Und schon war sie beim Du. Das registrierte ich natürlich sofort und antwortete entsprechend. Es entwickelte sich ein netter Chat. Nach 10 Minuten schrieb sie: „Und was machst Du heute Abend noch?" „Nicht mehr viel. Ich hole mir gleich noch einen runter, dann esse ich was, schaue mir eine DVD an und gehe schlafen."

Warum ich ihr das so knallhart schrieb, weiß ich nicht. Schon sehr obszön die Anmerkung mit dem Runterholen, aber ich hatte im Gefühl, ich konnte es ihr so schreiben. Sie war offen und locker drauf. Oder? Ich wartete gebannt, was sie antworten würde. Dann kam es: „Warte! Hol Dir nicht selbst einen runter. Wenn Du magst, erledige ich das für Dich. Wo wohnst Du?" Baff!

Ich schrieb ihr meine aktuelle Adresse, sie: „Kann in 20 Minuten bei Dir sein." „Okay." „Okay, bis gleich." „Bis gleich." Ja, wie einfach war das denn?! Muss man immer mit einer Frau zusammenrasseln, um sie noch am selben Abend zum Sex zu kriegen? Oder trieb sie nur ein Spiel mit mir? Ich saß in meiner Boxer auf dem Bett und überlegte. Was, wenn sie doch wirklich kommt?

Ich zog mir eine Jeans an und tauschte mein lässiges Bettshirt gegen ein eleganteres Hemd. Und plötzlich klingelte es tatsächlich an meiner Tür. Ich öffnete und blickte Pumuckl in die Augen. Sie war einen ganzen Kopf kleiner als ich. „Hier bin ich!", strahlte sie mich an. „Darf ich reinkommen?" „Klar, bitte schön", führte ich sie in meine Übergangswohnung.

Sie setzte sich. Ich servierte uns guten Wein. Sie trank. „Und das meinst Du wirklich ernst, was Du geschrieben hast?" „Ja, klar, sonst wäre ich nicht hier." Ich staunte. „Weißt Du, ich war meinem Mann all die Jahre immer treu, während er mich belogen und betrogen hat, wie ich später herausbekommen habe", erklärte sie. „Seitdem lebe ich anders. Seit ich Single bin, ist Sex meine Mission. Frei sein. Glücklich sein.

Die Welt erleben. Männer ausprobieren. Spaß haben. Lieben. Leben. Genießen. Neue Erfahrungen sammeln. All das, was ich die 8 Jahre mit meinem Ex nicht konnte. Also warum nicht?" Ich verstand. „Wenn Du willst, hole ich Dir jetzt einen runter." Ich verstand schon wieder. „Gut, gehen wir rüber in das Schlafzimmer."

Mein provisorisches Schlafzimmer war ein gutes, denn ich hatte mir einen großen Wandschrank mit kompletter Spiegelwand besorgt. Man will ja sehen, was man kriegt! Ich zog mir die Jeans aus und mein Hemd. Sabine schaute mir begeistert zu. Dann setzte ich mich hin und zog auch meine Boxer aus. Ich saß nun nackt auf dem Bett.

„Gut, ich gehe mir noch schnell die Hände sauber waschen, dann geht es los", grinste sie und verschwand im Bad. Zurück kam sie mit der Bodylotion in der Hand: „Setz Dich mal in die Mitte des Bettes", befahl sie mir. Ich gehorchte. Sie setzte sich hinter mich, ihre Beine schlängelten sich um meine Hüften nach vorne. Ich konnte sie direkt hinter mir spüren. Ihre Klamotten behielt sie an: ein buntes Flower-Power-T-Shirt und einen lockeren Rock.

Sie packte Lotion auf ihre Hände und umgriff mich. Umarmte mich also von hinten. Dann streichelte sie kurz meine Brust und tiefer über meinen Bauch, bis sie an meinem Penis angelangt war. Ich atmete auf, als sie ihn umfasste. Ihre kleine Hand konnte ich gut sehen, da mein Blick nach unten gerichtet war. Bunte Fingernägel hatte sie. Nun begann sie mit dem Runterholen.

In dieser Position lasse ich mir selten einen runterholen, aber warum nicht so? Mal etwas Neues. Ich schaute zu, wie mein Penis immer steifer wurde. Sie wichste ihn hoch an meinen Bauch, ich drückte immer wieder ihre Hand etwas nach unten, so lange, bis sie kapierte. Ihre kleine Hand fühlte sich gut an. Sie arbeitete allerdings etwas abgehackt. Kurze Momente der Pause, dann wieder 10 Sekunden Action. Interessant.

Ich wartete ab, wie es weiterging. Sie behielt Rhythmus und Methodik bei und atmete mir immer heftiger ins Genick ... bis ich ihren Mundgeruch roch. Eklig! Wie kann man nur so aus dem Maul fotzen?!

79

Kein Wunder, dass der Mann Reißaus nahm. Egal. Konzentration. Bald komme ich. Durchhalten. Langsam wurde es ernst. Ich spürte meine Eier noch härter werden. „Gleich komme ich", atmete ich aus. Sabine machte einfach weiter, genauso weiter. Ich spritzte ab. Ladung für Ladung schoss aus meinem geführten Glied aus, während sie mich eng umklammerte. Als ich fertig war, wurde sie langsamer und löste ihren Griff.

„Und, war's schön?", fragte sie mich. „Ja, danke, war toll", keuchte ich. Sie stand auf und ging sich die Hände waschen. Ich säuberte derweil das Bett und meinen Dong. Als sie wiederkam, stellte ich ihr eine sehr wichtige Frage: „Darf ich mich bei Dir revanchieren?" „Heute nicht. Ich habe meine Tage. Da bin ich nicht so auf Sex. Ein anderes Mal gerne."

Ich zog mir legere Klamotten an und setzte mich zurück auf das Bett. „Und jetzt?" Sie überlegte. „Du wolltest doch etwas essen. Hunger hab ich auch. Kannst Du kochen?" „Ja, kann ich, aber ich habe auch 2 gute Pizzen da. Wenn Du magst?" Also aßen wir Pizza. „Darf ich heute bei Dir bleiben?", fragte sie mich unverblümt.

„Kein Problem, aber ich muss morgen früh raus. Müsste Dich dann um 7:30 Uhr rausschmeißen. „Passt", grinste sie. Der Abend war noch nicht zu Ende. Ich wollte ja DVD schauen, also schauten wir DVD. „Cowboys & Aliens". In der Kleinstadt Absolution taucht 1873 ein Fremder ohne Namen und Gedächtnis auf, der eine Metallmanschette am Unterarm trägt und eine ungewöhnliche Bauchverletzung hat.

Bei einer Auseinandersetzung mit Percy, dem Sohn des Rinderbarons, wird der Hilfssheriff angeschossen, woraufhin Percy verhaftet wird. Der Sheriff findet heraus, dass der Fremde der Verbrecher Jake Lonergan ist, und verhaftet ihn ebenfalls. Der Sheriff will beide in einer Kutsche dem Richter in Santa Fe überstellen.

Da erscheint Woodrow Dolarhyde mit seinen Männern. Er fordert den Sheriff auf, ihm seinen Sohn und Jake Lonergan, der seine Postkutsche ausgeraubt hatte, zu übergeben. Bevor es zum Konflikt kommt, tauchen seltsame Flugobjekte auf, die das Feuer eröffnen. Im Durcheinander schleudern sie Lassos auf Menschen, ziehen diese in die Luft hoch und schleppen sie fort.

Plötzlich wird Lonergans Armmanschette aktiv und offenbart ein holografisches Display. Lonergan kann ein Fluggerät abschießen und den Angriff stoppen, doch der nichtmenschliche Pilot entkommt. Am nächsten Morgen reiten einige Bewohner los, um den Piloten zu verfolgen und die Entführten zu befreien.

Auch Lonergan reitet mit, als er sich erinnert, dass die Dämonen für das Verschwinden seiner Freundin Alice verantwortlich waren. Im Nachtlager bittet die geheimnisvolle Ella Jake um Hilfe, doch Jake versteht nicht, warum sie sich an ihn wendet. Plötzlich blinkt Jakes Armmanschette, und sie erkennen, dass der Pilot in der Nähe sein muss.

Er greift an, kann aber von Jake verscheucht werden. Nachdem die Gruppe den Angreifer, ein klauenbewehrtes Ungeheuer, gesehen hat, machen sich Dolarhydes Männer auf und davon. So bleiben nur Jake und ein paar weitere tapfere Kerle übrig, die die Verfolgung aufnehmen.

Jake springt vom Rand eines Canyons auf ein Fluggerät, kann es zum Absturz bringen und Ella befreien, doch der außerirdische Pilot verletzt Ella schwer, bevor Jake ihn mit der Manschette erschießt. Ella stirbt. Unmittelbar darauf wird die Gruppe von Indianern gefangen genommen. Im Indianerlager bereiten sich die Indianer vor, die Gefangenen zu töten.

Plötzlich lodert das Feuer auf und aus ihm entsteigt die „wiedergeborene" Ella, die auch eine Außerirdische ist. Sie erzählt, dass sie die letzte Überlebende eines Volkes ist, dessen Planet von den Ungeheuern überfallen wurde. Sie war auf die Erde gekommen, um zu verhindern, dass die Menschheit von den Dämonen ausgelöscht wird. Die Alien-Spähtrupps sind auf der Suche nach Gold.

Mit den entführten Menschen führen sie Experimente durch, es könnten noch einige am Leben sein. Ein Schamane hilft Jake, dessen Gedächtnislücken zu schließen. Jake erinnert sich an den Standort des Alien-Raumschiffs, und daran, wie Alice von den Aliens umgebracht wurde, bevor er mit der Manschette fliehen konnte.

Jake greift mit seinem Team das Alien-Raumschiff an. Sie klettern am Raumschiff empor und zerstören den Hangar, sodass die Aliens nicht mehr aus der Luft angreifen können.

Daraufhin stürmen Aliens aus dem Raumschiff und greifen die Menschen an. Jake und Ella schleichen sich durch die Höhle, die Jake für seine Flucht vor den Aliens benutzt hatte, unter das Raumschiff. Sie finden die entführten Menschen. Als Ella das hypnotische Licht zerstört, kommen sie wieder zu sich und entkommen durch die Höhle.

Ella möchte die Aliens endgültig aufhalten. Sie verabschiedet sich von Jake und klettert mit dessen Armmanschette zum Zentrum des Raumschiffs. Jake gelingt die Flucht aus dem Raumschiff, kurz bevor es seine Triebwerke zündet.

Beim Kampf im Freien mussten die Menschen erhebliche Verluste hinnehmen, haben jedoch die Oberhand gewonnen. Die Aliens starten und gewinnen an Höhe. Ella ist bis zur Energiequelle vorgedrungen. Sie opfert sich, indem sie mit der Armmanschette eine Explosion auslöst, die das Schiff zerstört.

Die Befreiten finden mit ihren Angehörigen zusammen und erlangen ihre Erinnerung wieder. Jake reitet allein aus der Stadt. Ende. Ein echt spannender Film. Wir futterten Chips und waren gefesselt von Daniel Craig, Harrison Ford und Co. Ich schaute auf die Uhr. 23:10 Uhr. „So, Sabine, dann wird es langsam Zeit zum Schlafen", flüsterte ich ihr zu.

„Möchtest Du noch einen schönen Handjob, um so richtig gut schlafen zu können?" Geniale Frage! Meine geniale Antwort: „Ja, gerne." Ich zog mich wieder aus und legte mich diesmal hin. Damit war Sabine einverstanden. Doch sie machte es mir nicht von vorne, sondern hockte sich mit ihrem Rock über meinen Oberkörper, Reverse Cowboy Position. Ich spürte ihren Po auf meiner Brust.

Sie orangierte ihre Hände mit Orangencreme und streichelte erst einmal lieb um meinen Penis herum. Auch meinen Hoden widmete sie einiges an Aufmerksamkeit. Dann endlich umgriff sie meinen Dick! Ich sah nicht viel, auch nicht im Spiegel, da das Licht aus war. Aber ich fühlte gut. Sabine war dabei, mir ihren zweiten Handjob des Tages zu schenken.

Ich genoss. Die Kleine wichste diesmal etwas langsamer, dafür aber runder. „Kannst Du auch mal mit dem Mund?", fragte ich vorsichtig. Sie zögerte, beugte sich aber dann runter und leckte mit ihrer Zunge an meiner Penisspitze herum.

„Sag mir, bevor Du spritzt", mahnte sie mich. Sabine holte mir gut einen runter, besser als zuvor. Und auch ihr Mund war gut dabei. Ich hätte mir noch mehr Mund-Action gewünscht, aber war zufrieden mit dem Geschehen. Nach etwas mehr als 10 Minuten warnte ich sie des Endes. Sie erhob sich und wichste mich über den point of no wichsing return hinaus.

Ich hatte meinen Orgasmus. Yeah! Danach schliefen wir ein, sie auf meiner Brust. 2 Abende später war Sabine erneut Gast bei mir. Sie hatte immer noch ihre Regel und wollte sexuell nichts ab. Aber geben wollte sie wieder. Handjob Nummer 1 fand diesmal auf dem Sofa statt. Sie lag neben mir und schüttelte mir kräftig einen runter.

Handjob Nummer 2 war wieder eine Kombi aus Hand und Mund. Diesen schenkte sie mir im Bett. Sie kniete zwischen meinen Beinen und ich konnte alles sehen. Doch wieder wollte sie kein Sperma in den Mund oder ins Gesicht bekommen. Egal. Hauptsache, ich kam.

Wieder 2 Tage später hatten wir unser drittes und letztes Sex-Date. Diesmal schlief sie mit mir. Doch sie war keine gute Reiterin. Sehr seltsam bewegte sie sich auf mir. Nix gut. Als ich sie Doggy fickte, schaffte sie es nicht, denselben Rhythmus wie ich einzuhalten. War also auch nicht der Renner. Ich beendete es dann klassisch als Missionar, da konnte nichts schief gehen.

Später ließ ich mir nochmal einen runterholen von ihr, das war deutlich besser. Da sie auch diesmal guten Mundgeruch hatte, hatte ich überhaupt keine Lust, sie groß zu küssen. Ein bisschen Lippen an Lippen, mehr nicht. Sie war nicht die beste Bettgespielin, aber zumindest auch nicht die schlechteste.

Dann hörte ich 1 Woche nichts von ihr. Auf meine weiteren Nachrichten bekam ich keine Antworten. Wenn ich anrief, ging sie nicht dran. Seltsam. Irgendwann ließ ich es bleiben. Ich habe es nicht nötig, einer hinterherzurennen, schon gar nicht, wenn sie keine Granate ist. Ich hatte sie gehabt, ja, prima, mehr war sie aber auch nicht wert.

Holland

Susanna L. reichte eine Initiativbewerbung ein. Sie gefiel mir sofort. Eine hübsche, junge Frau, 24 Jahre, mittellange, blonde Haare, Top-Figur. Sie hatte ihr Studium gerade abgeschlossen und suchte nun nach ihrem ersten Job. Den bekam sie bei mir. Als Projektassistentin stellte ich sie ein und band sie an mich und meine Tätigkeiten.

Wir verstanden uns super. Waren sofort per Du. Susanna kam gerne zur Arbeit und konnte die Aufgaben, die ich ihr gab, gut und richtig umsetzen. Oft auch mit eigenem Bonusinput. Auch gegen Überstunden hatte sie nicht. Wenn es mehr zu tun gab, war sie freiwillig dabei. Das belohnte ich, indem ich sie zu meinem nächsten größeren Geschäftstrip mitnahm.

Wir reisten nach Holland, um dort die neueste Ninja-Staffel vorzubereiten. Produziert wurde sie dann von den gelben Käsefressern, aber unser Wissen war fundamental wichtig, um die Show mit deutscher, solider Qualität zu versehen. 1 Woche dauerte die Vorbereitung, also unsere Arbeit dort.

Für 5 buchte ich 5 Zimmer in einem schönen Hotel für uns. Mit dabei waren außer Susanna und mir noch Skripter Jess, Kameramann Houdini und Produktionsleiterin Karla. Alle gute Leute. Der erste Arbeitstag war lang und hart. Umso glücklicher waren wir, also wir um 20 Uhr die Schicht beendeten und uns mit unseren holländischen Kolleginnen und Kollegen auf den Weg zu einem guten Italiener machten.

Leckere Pizzen konnte der zaubern. Susanna saß neben mir und es war ein lustiger Abend. Ich hatte vor, in dieser Woche Sex zu haben, wusste aber noch nicht, mit wem. An Sex mit Susanna hatte ich schon gedacht, aber noch hatte sich einfach nichts ergeben. Aber die Blondine mochte mich, das spürte ich.

Es war spät, als die Holländer für alle zahlten und wir das Restaurant verließen. Team Germany wanderte in das Hotel und jeder ging auf sein Zimmer. Wir hatten die Zimmer auf dem Flur verteilt. Susanna und ich wohnten nebeneinander. Zimmer an Zimmer. Die anderen waren ein paar Räume weiter untergebracht.

Nachdem ich geduscht hatte, legte ich mich auf das Bett, telefonierte noch mit meiner Andrea und machte es mir auf meinem Bett gemütlich. Doch ich hörte Stöhnen vom Zimmer nebenan. Von dem Zimmer, in dem Susanna war. Ich hörte eine weibliche und auch eine männliche Stimme. So ein Luder!

Sie trieb es also mit einem Penner. Aber mit wem? War es einer meiner Jungs oder ein holländischer Käsewichser? Ich ärgerte mich. Warum war es nicht ich? Ich holte mir noch sauber einen runter, habe ja immer meinen Laptop mit diversen geilen Sex-Erinnerungen aus meiner Vergangenheit dabei, dann schlief ich endlich ein.

Susanna sah beim Frühstück des kommenden Morgens zerzaust aus. Verständlich, nach dem Fick. Trotzdem schafften wir den Tag gut und saßen abends wieder dankbar beim selben Italiener. Ich überlegte die ganze Zeit, wie ich Susanna darauf ansprechen konnte, aber wollte lieber noch etwas abwarten. Eine aus dem holländischen Team, Amalia, hatte derweil ein Auge auf mich geworfen.

Sie war nichts Besonderes, weitaus unattraktiver als die Susanna, aber ein Fick ist ein Fick. Nicht schirch, einfach normal war sie. Eine Durchschnittsfrau von nebenan. Beim Abendessen saß sie auch neben mir und legte verdeckt ihre Hand auf meinen Oberschenkel. Ich wusste genau, was das zu bedeuten hatte. Dann schob sie mir versteckt einen Zettel mit einer eindeutigen Botschaft zu.

Ich nickte kurz, damit war die Sache geritzt. Beim Verabschieden nach dem Essen flüsterte ich ihr meine Zimmernummer zu und bat sie, in 30 Minuten zu kommen. Tat sie. Sie huschte herein und grinste verschämt. Amalia war 29 und Produktionsassistentin. Ich verstand mich gut mit ihr während der Arbeit, nun auch im Bett?

Von Susannas Zimmer hörte ich diesmal nichts. Sie war wohl heute alleine. Ich aber nicht! Ich betrachtete die unscheinbare Kollegin: Sie war optisch nicht meine allererste Wahl, aber doch irgendwie süß. Ich schlug eine gemeinsame Frischmachdusche vor. Amalia willigte ein. Als wir uns auszogen, sah ich ihren Körper. Der war genauso wie sie: durchschnittlich. Unter der Dusche fanden die ersten Berührungen statt.

85

Ich seifte sie ein, sie mich. Ihre Brüste hingen ein wenig, eine war größer als die andere. Amalia hatte eine lange Narbe am Blinddarm. Ihr Po hing auch etwas. Ich schätzte sie auf 64 kg bei einer Größe von 1,69 m. Ihre Brille hatte sie unter der Dusche natürlich ab. Ich brauche keine.

Amalia seifte mich liebevoll ein, auch meinen trainierten Po. Dann meinen Penis, der Reaktion zeigte und zum Dong wurde. Sie kicherte. Dann ging es ins Bett. Ich fragte sie, ob sie bestimmte Wünsche habe. Sie verneinte. Also gut, dann machen wir es so, wie ich es will. Ich legte mich auf sie und küsste sie. Sie küsste genauso wie sie aussah: durchschnittlich.

Dann küssten wir mit Zunge. Sie zungenküsste genau wie sie aussah: durchschnittlich. Schließlich widmete ich mich ihren Brüsten und wanderte tiefer zu ihrer Scham. Diese sah durchschnittlich aus, nichts Besonderes. Etwas schief und etwas schlaff, trotzdem fuckable. Doch zuerst leckte ich sie glücklich. Ihre Pussy schmeckte ... durchschnittlich. Ich habe schon deutlich köstlichere gehabt, aber auch deutlich üblere.

Amalia hatte einen kleinen Büschel Schamhaare stehen, dunkelbraun, genauso wie ihre langen und glatten Haare. Der Womanizer wird mit jeder Pussy fertig. Ich leckte sie zu 2 Orgasmen. Sie schrie laut, das könnte Susanna gehört haben. Nun bat ich Amalia, mir etwas Gutes zu tun. Sie nahm meinen Dick in die Hand und startete mit einer Handjob-Blowjob-Kombi.

Diese war genauso wie sie aussah: durchschnittlich. Sie trug 3 Ringe an jeder Hand, die spürte ich um meinen Schwanz. Auch ihr Zungen-Piercing machte sich bemerkbar. Dann schlug ich ihr Ficken vor. Ein Kondom hatte sie dabei. Ich zog es mir drauf und spielte den wilden Missionar. Hart fickte ich sie. Sie lag passiv da und hatte ihren Spaß dabei.

Dann machte ich Löffelchen, und zwar seitlich von hinten. So fühlte sie sich besser an. Also wollte ich so kommen. Tat ich auch. Nach 5 Minuten in dieser Stellung jagte mein Sperma durch meinen Körper und ergoss sich im weißen Gummi.

Wir beide waren zufrieden. Schlafen wollte ich aber alleine, dafür war mir Amalia zu durchschnittlich. Am nächsten Morgen schaute mich Susanna schief an. Ja, sie hatte mich wohl gehört.

Das war auch gut so, schließlich hatte ich ja auch noch ein Ass im Ärmel. Tatsächlich zog sie mich kurz darauf beiseite: „Na, da hat aber gestern Abend einer seinen Spaß gehabt", pöbelte sie mich augenzwinkernd an. „Ja, genauso, wie eine bestimmte Dame vorgestern ihren Spaß hatte."

Treffer. Versenkt. Damit hatte sie nicht gerechnet. „Hast Du das etwa gehört?" „Ja, und wie", grinste ich. „Du warst echt laut dabei." „Na, dann sind wir quitt", schnipste sie und ging weiter. Drehte sich aber nochmal um zu mir und lächelte mich süß an. In der Mittagspause, die eigentlich keine war, griff ich sie mir:

„Und, kann ich heute Abend wieder mit Lärm aus Deinem Zimmer rechnen?" „Was heißt hier Lärm? Wohl eher Lust und Spaß." „Okay, also nochmal: Kann ich heute Abend wieder mit Lust und Spaß aus Deinem Zimmer rechnen?" „Mal sehen. Und Du: Kann ich heute Abend wieder mit Lärm aus Deinem Zimmer rechnen?" „Was heißt hier Lärm? Wohl eher Lust und Spaß."

„Okay, also nochmal: Kann ich heute Abend wieder mit Lust und Spaß aus Deinem Zimmer rechnen?" „Mal sehen." Perfekter Konter. Ich ließ sie stehen. Sie mir hinterher: „Sag mal, wer war denn die Glückliche?" „Wer war denn der Glückliche?" „Sag ich nicht." „Sag ich nicht." So neckten wir uns immer wieder zwischendurch bis zum Abend.

An den Blicken des holländischen Kollegen Ruud hatte ich längst erkannt, dass er Susannas Fick gewesen war. Betonung liegt auf war. Sie schien ihn nur für ihre Bedürfnisse benutzt zu haben, dann abserviert. Ich beschloss, aufs Ganze zu gehen. Während des Abendessens, an dem Ruud als Einziger aus dem holländischen Team nicht teilnahm, fragte ich Susanna: „Und, hat sich der Abend mit Ruud wenigstens gelohnt?"

Sie schaute mich mit großen Augen an: „Woher weißt Du, dass er es war?" „Ich weiß es einfach." „Hat er es erzählt?" „Nein." „Woher weißt Du es dann?" „Das sind Erfahrungswerte", lächelte ich souverän. „Und wer war nun Deine?" „Sag ich nicht", grinste ich. Susanna wusste es wirklich nicht. Das machte sie ganz verrückt. Ja, jede hätte es sein können. Aus jedem Team, aber auch eine Externe.

Amalia verhielt sich super unauffällig. „Hast Du heute Abend wieder weibliche Gesellschaft?", fragte mich Susanna neugierig. „Warum willst Du das wissen?", fragte ich. „Nur so." „Sagen wir es mal so", nutzte ich die Gunst der Stunde:

„Ich könnte problemlos heute Abend wieder weibliche Gesellschaft haben, dieselbe wie gestern. Aber ich bin auch offen für Neues." „Und warum schaust Du mich dabei so intensiv an? Denkst Du dabei an mich?" „Ja", gab ich zu. „Und was sagt Dir, dass ich Interesse haben könnte?"

„Keiner sagt das. Ich stelle es einfach mal in den Raum. Gib mir bitte bis um 22 Uhr Bescheid, ob Du magst oder nicht, denn sonst organisiere ich mir das Bewährte von gestern. Wenn ich die Wahl hätte allerdings, wärst Du meine Nummer 1." Susanna wurde mucksmäuschenstill. Sie überlegte. Es war bereits 21:30 Uhr, sie hatte also noch eine halbe Stunde, um Ja oder Nein zu sagen.

Susanna hatte sich längst entschieden, denn es dauerte keine 2 Minuten, bis sie mir ein Ja ins Ohr hauchte. Somit stand für mich fest: Amalia war nicht mehr interessant für mich. Ihr sagte ich beim Abschied ab für den Abend, sie musste es hinnehmen. Wir Deutschen gingen in unser Hotel. Als alle auf ihren Zimmern waren, gingen ich und Susanna in meines.

„So, Du hast also Ja gesagt", mobbte ich sie. „Ja, bevor Du wieder mit Amalia in die Kiste springst, dann schnappe lieber ich mir Dich." „Hä? Woher weißt Du, dass sie es war?" „Ich weiß es einfach." „Hat sie es herumerzählt?" „Nein, das hat sie nicht." „Woher weißt Du es dann?" „Erfahrungswerte", lächelte Susanna souverän. „Na gut. Ich habe es an ihrem Blick bei der Verabschiedung gesehen. Sie war sehr traurig."

Recht hatte meine Begleiterin. Susanna entschuldigte sich ins Bad. Ich hörte die Dusche brausen und den Fön föhnen. Nacheinander natürlich. Auch die Toilette wurde gespült. Dann kam meine Angestellte auf mich zu. Sie trug dasselbe wie vorhin: einen schicken Rock und ein hübsches Top.

Die Jeansjacke lag auf einem Stuhl. „So, ich auch noch schnell", deutete ich auf das Bad, „mach es Dir derweil gemütlich." 5 Minuten später war ich wieder da. Ich hatte damit gerechnet, dass die Süße nun nackt in meinem Bett lag.

Aber sie war nirgends. Hatte sie das Weltall geschluckt? Wurde sie vom schwarzen Loch gefressen? Hatte sie kalte Füße bekommen? Ich überlegte. Plötzlich hörte ich Geräusche an meiner Tür. Jemand zog eine Karte durch den Schlitz und öffnete sie. Wer war das?!

Es war Susanna. „Sorry, ich war kurz nebenan, habe mir Pfefferminzdrops geholt. Magst Du auch?" Ich nickte. Sie gab mir welche. Ich stand da, nur mit einem Handtuch bekleidet. „Magst Du mal schauen, was sich darunter befindet?", lockte ich sie. Sie grinste. Zog sich ihr Top und den BH aus, zum Vorschein kamen perfekte Frauenbrüste. Die waren schöner als die Durchschnittshupen von Amalia. Definitiv!

Oben ohne, nur noch im Rock, küsste sie mich zärtlich und fasste mir ans Handtuch. Dann unter das Handtuch. „Jetzt bin ich Deine Amalia", flüsterte sie mir zu und riss mir in einem Zug, etwas dominant, das Handtuch weg. Und schon spürte sie die lange Lanze an ihrem Bauch. „Und, wie war Amalia denn so im Bett?" „Naja, nichts Besonderes. Sehr durchschnittlich. Und wie war der Ruud?"

„Er war nichts Besonderes. Nur durchschnittlich." Wir lachten. „Dann wollen wir hoffen, dass das mit uns jetzt besser wird", trug ich die Oben-ohne-Frau aufs Bett und ließ sie fallen. Dabei wehte ihr Rock hoch und offenbarte, dass sie nichts darunter hatte. Ich streifte ihr den Rock weg und betrachtete sie.

Susanna war schön. Sehr schön! Ihr Gesicht strahlte so viel Erotik aus. Ihr Körper noch mehr. Sie hatte Nippel-Piercings links und rechts. Eines am Bauchnabel. Und unten auch welche. Geil! 2 konnte ich erkennen, 2 weitere waren versteckter, die erkannte ich später. Ein hellbrauner Strich aus Schamhaaren schmückte ihre Pussy.

„Was hast Du alles mit Ruud gemacht?" „Na, das komplette Programm: küssen, blasen, lecken, ficken. Und was hast Du alles mit Amalia gemacht?" „Na, das komplette Programm: küssen, blasen, lecken, ficken." Lachflash beidseits. „Bist Du mit all jenen Programmpunkten einverstanden?", fragte ich sie. „Ja." So ging es los. Susanna war eine der härteren Sorte. Sie ging echt ab beim Sex. Sie küsste sehr intensiv, biss mir dabei mehrfach in Zunge, Lippen und Mund.

Tat nicht sonderlich weh, tat aber schon etwas weh. Dann rubbelte ich sie heiß. Sie wollte es hart und mit viel Druck. Zwischen den Intim-Piercings gar nicht so einfach, ich wollte sie ja nicht verletzen. Dann machte ich oral. Auch hier arbeitete ich mit viel Druck, das liebte sie.

Sie kreischte wie Schmidts Katze und stöhnte laut, viel lauter als meine Andrea. Als sie kam, riss sie mir fast Haare vom Kopf aus. Gleichzeitig krallte sie mir in die Oberarme, das tat weh, aber ich konnte und wollte nicht stoppen. Susanna sollte mega kommen. Susanna erlebte so 3 Höhepunkte.

Während sie ausschnaufte, betrachtete ich meine Wunden. Nichts blutete, aber sie hatte ihre Kampfspuren hinterlassen. „So, jetzt revanchiere ich mich. Leg Dich hin und entspanne Dich, Chef." Von Entspannen konnte hier keine Rede sein, denn ihr Griff um meinen Penis war eine halbe Quetsche. Mein Gott, griff die zu!

Solche Frauen hatte ich schon gehabt, die meinen Penis sehr hart umfassten und drückten. Jede greift ihn etwas anders. Manche ganz sanft, manche ganz fest. Susanna griff sehr fest. Noch nicht ernsthaft schmerzhaft, aber ganz kurz davor. Wollte sie mir meinen Saft so herauspressen? Als sie anfing zu wichsen, bekam ich einen leichten Kopfdruck. Der Druck um meinen Schwanz suchte wohl einen Ausweg.

Dann mit dem Mund. Susanna bevorzugte einen härteren Blowjob-Stil, welch Wunder. Ihre roten Lippen waren fest um meinen Dick, ich spürte Zähne knabbern. Alles aber noch im Bereich des Erträglichen. Und doch war es geil, wie sie es machte, denn sie wusste, was sie tat.

Sie handjobbte mich mit Mund weiter, bis ich mein Becken nach oben drückte, da ich wusste, dass ich bald kommen würde. Energisch drückte sie es wieder nach unten. Ich wieder nach oben. Sie wieder nach unten. Um es unten zu halten, setzte sie sich einfach auf meinen Bauch.

Also mit dem Rücken zu meinem Gesicht. Ihre etwa 55 kg spürte ich nun deutlich. Aber irgendwie gefiel es mir, so dominiert zu werden. Entschlossen wichste sie weiter, bis ich kam. Sie presste fest zu und mein Samen schoss nur so heraus. Mein Körper zuckte wie verrückt.

Doch Abwerfen konnte ich sie nicht. Sie war stärker. Es muss eine Menge Sperma gewesen sein, dass aus mir herausschoss, denn als sie fertig war, losließ und sich umdrehte, war sie so voll, als wenn 3 Männer auf sie ejakuliert hätten. Es war ein echt harter, aber ein geiler Sex gewesen.

„Jetzt haben wir aber leider Ficken vergessen", mahnte Susanna mit erhobenem, spermavollem Zeigefinger. Ich erhob ebenso meinen Zeigefinger und meinte: „Da hast Du ganz recht. Daher werden wir das in einer halben Stunde nachholen." Die Susanna reinigte sich im Bad und sprang zu mir zurück ins Bett. Wir genossen unsere Nähe und ich ihre Hand, wie diese auf einmal ganz sanft sein konnte.

Während wir plauderten, streichelte sie hauchzart meine Eier und meinen Penis. Das tat gut! Es entspannte mich, gleichzeitig erregte es mich aber auch. So kam es, dass ich 20 Minuten später wieder bereit war. Sie hatte gemerkt, dass mein Penis in ihrer Hand gewachsen war, denn sie wechselte wieder über zum festen Griff. „So, dann nun ficken", stöhnte sie und zauberte ein Gummi hervor.

Ich war gespannt, ob sie es wieder härter brauchte. Ich startete Doggy, von hinten. Ich knallte schon zu Beginn ganz schön, aber das schien sie überhaupt nicht zu stören. Im Gegenteil: Dieses Luder mochte es auf die harte Tour. Und die harte Tour beherrsche auch ich.

Gewaltig stieß ich zu, und gewaltig stöhnte sie dabei. Ich klatschte mit meiner flachen Hand auf ihren Po. „Ja, geil, weiter", rief sie. Sie wollte also auch noch geschlagen werden. Eigentlich nicht so mein Ding, aber ich tat ihr den Gefallen. 5 Minuten später war ihr Arsch so rot wie Tomatenketchup. Ich hatte ihr ordentlich Klapse gegeben. Nun wollte sie reiten.

Auch hier setzte sich ihre Leidenschaft für das Heftige fort. Sehr dominant ritt sie auf mir und ließ sich immer wieder, wenn sie oben war, heftig, ohne Rücksicht auf meine Verluste, auf mich zurückfallen. Meine Eier wurden dadurch ein wenig gequetscht, aber ich hielt es aus. Susanna ritt sich in einen Wahn hinein. Sehr leidenschaftlich. Sehr kräftig. Sehr lasziv. Sehr tonangebend. Ich lag da und beobachtete sie dabei. Diese Frau hatte keine Probleme mit ihrer Sexualität.

Die wusste, was sie wollte, und wie sie es wollte. Diese Frau war mehr als nur Durchschnitt. Irgendwann kreischte sie und kam. Das war krass, den ich spürte ihre Scheide zucken wie ein Affe unter Strom. Dieser Strom bewirkte auch meinen Cumshot. Erschöpft waren wir beide danach. Aber glücklich.

„Du bevorzugst die härtere Tour, stimmt´s?", fragte ich sie. „Ja, schon immer. Kuschelsex ist nichts für mich. Ich muss es intensiv haben, mich spüren, ihn spüren. Das ist geiler Sex." Sie durfte bei mir schlafen. Also schlief sie bei mir. Amalia versuchte am nächsten Tag erneut ihr Glück bei mir für den Abend, aber ich zog ihr sanft den Zahn. So traurig sie war, so klar war mein Entschluss: Die Abende und die Nächte gehörten Susanna.

Die hatte ich zuvor natürlich über ihre Absichten befragt. Und sie meinte: „Ja, klar, gerne mit Dir." So verbrachten wir weitere heiße Sex-Events in meinem Zimmer. Wir fickten uns gegenseitig hart. Wenn ich sie stieß, tat ich dies mit Dampf. Wenn sie auf mir ritt, ritt sie nicht nur meinen Dick.

Einmal musste ich sie aber bremsen, als sie anfing, meinen Steifen zu schlagen. Das mag ich nicht! Und ruinierte Orgasmen sind auch nicht mein Ding. Wichsen oder Blasen, bis es kommt, dann loslassen und zugaffen, wie es kommt. Zehnmal Nein! Ich mag es mit durchgängiger Bearbeitung, jawohl. Warum soll ich mir bewusst meinen Höhepunkt zerstören? Schon krass, dass manche auf so etwas stehen.

Nach dieser Woche war aber auch klar, dass unser Sex ein Ende haben musste, wir waren zurück im normalen Leben. Susanna war zwar Single, sie konnte tun und lassen, was sie wollte. Aber ich hatte viel zu verlieren. Wir beschlossen, wenn sich die Gelegenheit ergibt, daran anzuknüpfen. Der Sex mit ihr war echt gut gewesen, aber sie war mir ein wenig zu Sadomaso drauf. Zu hart, zu dominant.

Susanna arbeitet bis heute für mich. Aber nicht mehr so eng wie zum Start. Ich versetzte sie in eine andere Abteilung und sehe sie jetzt nur noch einmal wöchentlich zum Meeting. Alles gut zwischen uns.

End

Mein Traum ging in Erfüllung
Ich lebe meinen Traum
Bin ein Playboy-Womanizer
Und ficke alle Frauen

Die mich im Bett erleben
Und mehr von mir bekommen
Sie dürfen richtig geil sein
Nur keine Kinder von mir wollen

So möchte ich genießen
Was anderen bleibt verwehrt
Ich lebe einfach richtig
Die anderen verkehrt

Ich liebe hübsche Frauen
Und tauche in sie ein
Mit Hand und Mund und beidem
Wird sie gleich happy sein

Zum Schluss dann meine Stange
Die steif ist wie ein Brett
So vögle ich sie glücklich
In irgendeinem Bett

Der Meister lässt sie blasen
Im Spiegel sieht er zu
Wie ihm sein Saft herausquillt
Und lächelt immerzu

Ein Leben als Gewinner
Mit Geld und hübschen Frauen
Vielen sexuellen Highlights
Ja, ich lebe meinen Traum

Buch-Tipps vom Womanizer

The Womanizer
Ich, der Fremdgeher 1
Die Abenteuer des Womanizers

Sex, Erotik, Liebe, Lust & Leidenschaft – dies ist die spannende Geschichte, die Autobiografie des Womanizers, eines Mannes, der seinem Leben keine Grenzen setzt und sich alle sexuellen Wünsche und Träume erfüllt.

Obwohl er glücklich in einer Beziehung mit seiner Freundin Andrea ist, die er auch wirklich liebt, gönnt er sich alle Freiheiten, um das zu genießen, wovon andere Männer nur träumen. Er erlebt fantastische Abenteuer ebenso wie böse Reinfälle, heiße Affären, Sex mit 3 Frauen gleichzeitig, Erpressung, Glück und Leid in Beziehung und One Night Stands.

Erfahren Sie mehr über den Mann hinter der geheimnisvollen Womanizer-Maske und sein Leben. Fantasien werden Wirklichkeit, Wünsche wahr. „Ich, der Fremdgeher 1" ist ein hochexplosives und spannendes Werk, das den Leser fesselt, anregt und erregt. 63 Kapitel voller Sex, Lust und Leidenschaft. 200 Seiten pure Erotik.

Doch auch Schuld und Moral spielen eine Rolle. Immer wieder hinterfragt er sein schändliches Treiben und will seiner Freundin treu bleiben, doch die Lust ist zu groß und die weiblichen Reize sind zu stark ... und so stürzt er sich in das nächste Abenteuer. Ein Buch, über das Sie noch lange sprechen werden!

ISBN 978-3-8423-2186-1
Books on Demand

Buch-Tipps vom Womanizer

The Womanizer
Ich, der Fremdgeher 2
Neue Abenteuer des Womanizers

Dies ist Teil 2, die prickelnde Fortsetzung der spannenden Lebensgeschichte des Womanizers, eines Mannes, der seinem Dasein keinerlei Grenzen setzt und sich all seine sexuellen Wünsche und Träume erfüllt.

Obwohl er mittlerweile glücklich verheiratet und stolzer Vater eines Sohnes ist, gönnt er sich die Freiheiten, um das zu genießen, wovon andere Männer nur träumen. Er erlebt fantastische Abenteuer ebenso wie böse Reinfälle, heiße Affären, Glück und Leid in Beziehung und One Night Stands.

Erfahren Sie alles über den Mann hinter der Womanizer-Maske und sein geniales Leben. Fantasien werden Wirklichkeit, Wünsche wahr. „Ich, der Fremdgeher 2" ist ein explosives und reizvolles Werk, das den Leser fesselt, anregt und erregt. 35 Kapitel voller Sex, Liebe und Leidenschaft, 200 Seiten pure Erotik, das ist die fantastische Welt des Womanizers.

Doch auch Schuld und Moral spielen eine Rolle. Immer wieder hinterfragt er sein Treiben und will seiner Ehefrau Andrea treu bleiben, doch die Lust ist zu groß und die weiblichen Reize sind zu stark ... und so stürzt er sich in das nächste Abenteuer.

Die fantastische Fortsetzung von „Ich, der Fremdgeher 1". Ein Buch, das Sie nicht mehr loslassen wird, denn tief in Ihnen stecken auch der Trieb, die Lust und die Gier auf Erfüllung all Ihrer sexuellen Wünsche und Fantasien.

ISBN 978-3-8448-7446-4
Books on Demand

Buch-Tipps vom Womanizer

The Womanizer
Ich, der Fremdgeher 3
Die letzten Geheimnisse des Womanizers

Dies ist Teil 3 der spannenden Biografie über das einzigartige Leben und Wirken des Womanizers, eines Mannes, der sich, trotz hübscher Ehefrau und zweier wundervoller Kinder, außertourlich all seine sexuellen Wünsche und Träume erfüllt. Dabei erlebt er das, wovon andere Männer nur träumen.

Diesmal: Sex mit den blutjungen Animateurinnen Grit & Hanna, krasse Abenteuer in der Glory Hole Bar, eine heiße Romanze mit PR-Marketing-Lady Ella, der fantastische Vierer mit den US-Girls Chloe, Madison und Stella, Kindermädchen Magdalena auf Extratour, Erotikmassagen der göttlichen Luisa, Jugenderinnerungen an Raliza, Techtelmechtel mit Praktikantin Aiko, Reinfall mit Frauke, Oh Julia, Andreas geheime Kiste, Ü-50erin Sabrina, Playboy-Lifestyle mit den Hostessen Torrie und Whitney, die scharfe Kerstin, und vieles mehr.

„Ich, der Fremdgeher 3" ist ein explosives und reizvolles Werk, das den Leser fesselt, anregt und erregt. 34 Kapitel voller Sex, Liebe und Leidenschaft, 200 Seiten pure Erotik, das ist die extravagante Welt des Womanizers.

Die geile Fortsetzung von „Ich, der Fremdgeher 1 & 2". Ein Buch, das Sie nicht mehr loslassen wird, denn tief in Ihnen stecken auch der Trieb, die Lust und die Gier auf Erfüllung all Ihrer sexuellen Fantasien.

ISBN 978-3-7460-1524-8
Books on Demand

Buch-Tipps vom Womanizer

The Womanizer
Ich, der Fremdgeher 4
Kostbare Perlen des Womanizers

Mein Leben ist ein Traum! Attraktiv, gesund, glücklich verheiratet, Vater zweier wundervoller Kids, erfolgreicher Businessmann, Top-Verdiener, dazu Dauergast in Betten hübscher Ladies. Das bin ich, der Womanizer!

In meiner Bestseller-Biografie „Ich, der Fremdgeher" haben Sie in den Teilen 1-3 alles über mich, mein Leben, meine Fantasien und meine Taten erfahren. Mein Wirken auf der Überholspur ist grandios. Alle Männer wären gerne wie ich. Über 1.500 Frauen habe ich im Bett gehabt, und es werden immer noch mehr. Ich weiß, mit welchen Tricks ich geile Frauen um den Finger wickeln muss, um von ihnen das zu bekommen, was ich möchte: Sex! Und genauso weiß ich, mit welchen Schlichen ich das alles meiner Gattin Andrea verheimlichen kann.

Für Band 4 habe ich in meiner Schatzkiste gegraben und präsentiere kostbare Perlen des Womanizers: Bezaubernde Damen, mit denen ich heiße Stunden, Tage oder mehr erlebt habe. Von meinen wilden 20ern bis jetzt Anfang 40 habe ich eine knisternde Auswahl zusammengestellt, die Lust auf mehr macht.

Möge mein Lebensstil Sie beflügeln, Ihnen Mut schenken, Sie anspornen, es mir gleich zu tun. Denn Frauen sind dazu da, gevögelt zu werden und den Mann sexuell glücklich zu machen. Nutzen Sie Ihren Schwanz und geben Sie ihm das, was er nun mal braucht: eine hübsche Lady nach der anderen! Ich wünsche Ihnen viel Lese-Spaß mit meinen kostbarsten Perlen, von geilen One Night Stands bis hin zu Sex mit 3 girls on fire. Und vieles, vieles mehr!

ISBN 978-3-7481-4685-8
Books on Demand

Buch-Tipps vom Womanizer

The Womanizer
Ich, der Fremdgeher 5
Heroische Erlebnisse des Womanizers

Heroische Erlebnisse sind es, die ich Ihnen diesmal präsentiere. Dies ist der 5. Band meiner Reihe „Ich, der Fremdgeher". Und immer noch gibt es spannendes Neues zu berichten, der Stoff geht mir nie aus. Wetten sind etwas Geiles, denn mit ihnen kann man Frauen gewinnen und gefügig machen. Auch MILF (Mothers I´d like to fuck) sind etwas Besonderes, da sie meist doppelt hot sind auf ein sündhaftes Abenteuer. Diese beiden Themen bilden den Schwerpunkt dieses Werkes.

Ich bin der legendäre Womanizer. Ach, was habe ich schon gevögelt in meinem Leben! Über 1.500 Ladies sind es bisher, und es werden weiter mehr. Die 2.000 sind knackbar! Und auf welche schönen Momente ich zurückblicken kann: Viele Highlights davon haben Sie bereits gelesen, andere erfahren Sie nun.

Trotz hübscher Gattin und glücklichem Vatersein ist Leben für mich mehr als Familie: Leben ist für mich SEX! Abenteuer! Lust! Trieb! Leidenschaft und Liebe! One Night Stands! Spaß haben und alles mitnehmen, was geht. Bereut habe ich bisher nichts. Ich lebe das Leben, das ich liebe. Auf der Überholspur, in den Betten hübscher Frauen.

In diesem 200-Seiter machen wir eine Zeitreise vom jungen bis hin zum heutigen Womanizer. Ich schenke Ihnen heißeste Sex-Abenteuer und echt heroische Erlebnisse meiner Person, die Sie noch nicht kennen, aber nach dem Lesen nicht mehr missen wollen. Tanken Sie Mut und versuchen Sie mir nachzueifern, denn das Leben kann so verdammt geil und schön sein!

ISBN 978-3-7494-1985-2
Books on Demand

Buch-Tipps vom *Womanizer*

The Womanizer
Ich, der Fremdgeher 6
Das Ende des Womanizers?

Ist dies das Ende des Womanizers? Tja, meine lieben Freunde der Sonne, vielleicht ist das wirklich der letzte Vorhang, der für mich fällt. Meine geliebte Gattin Andrea hat ein „Ehe-Break" gefordert. Sie braucht eine Auszeit, sagt sie, von mir. Aber nicht von dem schönen Haus, das ich gekauft habe. Auch nicht von dem guten Geld, das ich ihr jeden Monat überweise.

Hat sie mich beim Fremdficken erwischt? Nein. Warum dann dieser krasse Schritt von ihr? Keine Ahnung. Frauen sind einfach unberechenbar! Ich muss ausziehen und schwebe in der beschissenen Ungewissheit, ob und wie es mit uns weitergeht. Die armen Kinder! Hat Andrea einen neuen Stecher oder Geldgeber? Geht sie etwa mir fremd? Ich werde es herausfinden.

Gleichzeitig aber lebe ich mein Womanizer-Leben weiter. Jetzt erst recht! Ich poppe Immobilienmaklerin Heidi, gewinne die sexy Fitness-Polizistin Cornelia, verliebe mich in Nutte Agnes, erlebe geniale Erotikmassagen, treffe meine Jugendliebe Yasmin nach 20 Jahren wieder, habe geilen Gruppensex mit der 18-jährigen Daphne und ihren Busenfreundinnen, kämpfe mit der skrupellosen Laetitia um meine Firma, finde in meiner Angestellten Susanna eine heiße Bettgespielin, führe die sexuell blockierte Maren in meine hohe Kunst ein und genieße immer noch eine heiße Affäre mit der geheimnisvollen Tattoo-Frau Jacqueline, kurz Jackie. Ihr seht, langweilig wird mir wirklich nicht.

Aber: Kann ich meine Ehe retten? Wird Andrea ihren Irrsinn beenden? Ich werde alles dafür tun. Drückt mir die Daumen!

ISBN 978-3-7494-3590-6
Books on Demand

Buch-Tipps vom Womanizer

The Womanizer
Sex Bomb
100 Tricks, Frauen ins Bett zu bekommen

DER PLAYBOY TRICK * DER PIANIST TRICK * DER FEUERWEHRMANN TRICK * DER BABYSITTER TRICK * DER 6 RICHTIGE IM LOTTO TRICK * DER BILLARD TRICK * DER MAGISCHE ZETTEL TRICK * DER KINO TRICK * DER HUNDEHALTER TRICK * DER ROTE ROSEN TRICK * DER BARMANN TRICK * DER ZAUBER TRICK * DER CHEFREDAKTEUR TRICK * DER JUNG-FRAU TRICK * DER SPIONAGE TRICK * DER SCHLITTSCHUHLÄUFER TRICK * DER PORNODARSTELLER TRICK * DER MASSEUR TRICK * DER VERFLOS-SENEN TRICK * DER SCARY MOVIE TRICK * DER BUCHAUTOR TRICK * DER FUSSBALLSPIELER TRICK * DER BLIND DATE TRICK * DER KOLLEGIN TRICK * DER FOTOGRAF TRICK * DER GIPS TRICK * DER KONZERT TRICK * DER WETTE TRICK * DER REPORTER TRICK * DER SAUNA TRICK * DER KAMASUTRA TRICK * DER CHARLIE SHEEN TRICK * DER SCHLANGEN TRICK * DER WETTBEWERB TRICK * DER AMATEURPORNO TRICK * DER RESTAURANT CHEF TRICK * DER GEBURTSTAGSPARTY TRICK * DER UM-ZIEH TRICK * DER SCHÖNE FRAU TRICK * DER SHOPPING TRICK * DER CALLBOY TRICK * DER XXL-KONDOM TRICK * DER EBAY TRICK * DER EBAY DELUXE TRICK * DER BETTENKAUF TRICK * DER POKER TRICK * DER ANNA TRICK * DER MASKENBALL TRICK * DER EINKAUFS TRICK * DER EX ONE NIGHT STAND TRICK * DER DJ KUMPEL TRICK * DER POR-SCHE TRICK * DER BORDELL CASTING TRICK * DER BORDELL CASTING DELUXE TRICK * DER SEXSHOP TRICK * DER STILLE TRICK * DER E-MAIL TRICK * DER FACEBOOK PARTY TRICK * DER JOGGER TRICK * DER THER-MEN TRICK * DER ROBINSON CLUB CAMYUVA TRICK * DER 25 ZENTIME-TER TRICK * DER SALTO TRICK * DER TRAUM TRICK * DER COACHING FÜR SINGLES BUCH TRICK * DER 5 DVDS ZUR AUSWAHL TRICK * DER STRAPSE TRICK * DER MASSAGEKURS TRICK * DER VISITENKARTEN TRICK * DER WITZE TRICK * DER TAGEBUCH TRICK * DER VIBRATOR TRICK * DER SPIRITUELLE TRICK * DER TANZ TRICK * DER WELTREKORD TRICK * DER POLEN TRICK * DER 10 MINUTEN TRICK * DER VERLASSE-NEN TRICK * DER PFIFFIGE TRICK * DER SCHLAF MIT MIR TRICK * DER SCHAUSPIELFREUNDIN TRICK * DER GANZKÖRPERMASSAGE TRICK * DER FLOATING TRICK * DER ZUCKERWATTE TRICK * DER BUTLER TRICK * DER KÄLTE TRICK * DER PROMIFOTO TRICK * DER STEWARDESS TRICK * DER RETROSPEKTIVE TRICK * DER KUMPEL TRICK * DER CHEF TRICK * DER KAJAK TRICK * DER SCHWESTER TRICK * DER WEIHNACHTSMANN TRICK * DER PUTZFRAU TRICK * DER GESCHENK TRICK * DER SPRICH MICH AN TRICK * DER SADOMASO TRICK * DER ZAHLEN TRICK * DER SPEED-DATING TRICK

ISBN 978-3-8448-0574-1
Books on Demand

Buch-Tipps vom Womanizer

The Womanizer
Meine heißesten Sex-Abenteuer

The Womanizer präsentiert seine allerheißesten Sex-Abenteuer!
Nach dem Erfolg seiner Bestseller „Ich, der Fremdgeher Band
1-6" ist dies ein weiteres Meisterwerk des Mannes, der schon
über 1.500 Frauen im Bett hatte und als Casanova des 21. Jahrhunderts in die moderneren Geschichtsbücher eingehen wird.

Hier schildert er seine geilsten und heißesten Sex-Erlebnisse der
letzten 10 Jahre seines aufregenden Lebens und Tuns: Barbara,
Teresa, Mary, Iris, Tammy, Rimma, Caro, Lucy, Paula, Jenny,
Gabi, Denise, Raliza, Katja, Angie, Anja, Jana, Celine und Ali-
cia heißen die Damen, die The Womanizer für dieses Best of
ausgewählt hat.

Jedes dieser Abenteuer zählt zu seinen Favourites. Tauchen Sie
ein in die Welt und den Körper des Womanizers und erleben Sie
mit ihm seine heißesten Sex-Abenteuer – live und hautnah, un-
censored und geil, prickelnd und erlösend.

Spüren Sie die Zärtlichkeiten, den Sex, die Erotik, die Lust und
die Leidenschaft, die dieses Buch zu einem interaktiven Lesevergnügen machen. The Womanizer wünscht Ihnen viel Freude
mit „Meine heißesten Sex-Abenteuer"!

ISBN 978-3-8448-1952-6
Books on Demand

Buch-Tipps vom Womanizer

The Womanizer
SEXSÜCHTIG!
(M)EINE FRAU IST NICHT GENUG

(M)EINE FRAU IST NICHT GENUG – das ist die Philosophie, das Lebensmotto des Womanizers! Nach seinen vielen Bestseller-Büchern präsentiert der Playboy des 21. Jahrhunderts sein Werk „*SEXSÜCHTIG!*", in dem er die wundervolle Beziehung zu seiner Ehefrau Andrea beschreibt und gleichzeitig über seine geilsten Seitensprünge intimst Auskunft gibt.

Erfahren Sie mehr über den Mann, der schon über 1.500 Frauen im Bett hatte, und seine heißen Sex-Abenteuer mit Isabel, Simone, Carmen, Melly, Sandy, Samira, Michèle, Bianca, Lena, Silke, Lolita und Wendy. Megaerotisch und anregend sind seine Schilderungen von Liebe, Sex und Zärtlichkeit, Lust und Leidenschaft, Gier und Verlangen.

(M)EINE FRAU IST NICHT GENUG – der Drang nach neuen Erfahrungen, nach jungen, schönen Körpern und tabulosen Mädels ist groß. Und die Mädels sind willig. The Womanizer nimmt sie gerne, aber nur die Besten! Und was die so alles können, erfahren Sie in diesem Buch!

ISBN 978-3-8482-0035-1
Books on Demand

Buch-Tipps vom *Womanizer*

The Womanizer
Sexy!
Memoiren eines Playboys

Tauchen Sie ein in eine Welt voller Lust, Leidenschaft, Sex und Erotik! The Womanizer präsentiert seine Memoiren und berichtet von seinen geilsten Sex-Abenteuern mit blutjungen, bildhübschen 18-jährigen Mädchen bis hin zu 43-jährigen, reifen Damen.

Sie alle sind ihm hilflos verfallen und finden einen Ehrenplatz in diesem Werk, das durch intimste Schilderungen und faszinierende Erlebnisse überzeugt.

„Sexy!" ist ein interaktives Lesevergnügen – der Womanizer erzählt seine Begegnungen hautnah und lebendig, als wären Sie persönlich dabei. Freuen Sie sich auf 24 Ladies und ihre Traumkörper, ihre Lust und Gier nach einem Mann, der sie glücklich macht.

Anhand seiner extraorbitanten Leistungen ist The Womanizer zweifelsohne DER Playboy des laufenden 21. Jahrhunderts. Wir sagen: Viel Spaß beim Lesen und Genießen dieses Buches!

ISBN 978-3-8482-0153-2
Books on Demand

Buch-Tipps vom Womanizer

The Womanizer
Verbotene Lust!
Sex ist mein Leben

In „Verbotene Lust!" führe ich Sie in meine geile Vergangenheit und präsentiere einige Raritäten und Perlen meiner sexuellen Lust. Da ich meine Abenteuer dokumentiere, weiß ich exakt Bescheid und kann detailgenau das schildern, was ich erlebe, wovon andere Männer nur träumen.

Auch wenn diese Lust eigentlich „verboten" ist, so ist sie für mich normal. Ich sehe nichts Schlimmes daran, dass ich mich sexuell auslebe und mir meinen Spaß auch in anderen Betten hole. Ich verletze meine Ehefrau Andrea ja nicht, sie kennt halt nur nicht die volle Wahrheit. Und die wird sie auch nie erfahren.

Freuen Sie sich auf meine sexuellen Abenteuer mit der Therapeutin Silva, das Maskenball-Spektakel, den sensationellen Vierer mit Kylie, Nele und Helene, die Sex-Toy-Verkäuferin Cathy, die Praktikantin Kerstin, das 18-jährige Kindermädchen Magda, und auf vieles mehr.

Sex ist mein Leben, daher werde ich stets die „Verbotene Lust" mitnehmen, leben und genießen, denn ich bin und bleibe The One & Only Womanizer!

ISBN 978-3-7460-4353-1
Books on Demand

Buch-Tipps vom Womanizer

The Womanizer
Meine besten Dreier
2 Ladies & The Womanizer

Was für viele Männer ein ewiger, unerfüllter Traum bleibt, ist für mich geile Realität: der sagenumwobene flotte Dreier! Ach, wie oft schon habe ich 2 Frauen gleichzeitig im Bett gehabt und sensationelle Stunden mit ihnen erlebt. Wenn auf einmal 4 Hände und 2 Münder loslegen und ihr Bestes geben, dann sieht man die Sterne funkeln.

Nach meinen Verkaufsschlagern „Ich, der Fremdgeher" Band 1-6 sowie diversen Specials ist es an der Zeit, der großen Nachfrage gerecht zu werden und den Spot auf meine allerbesten Dreier zu lenken. Hierbei gilt das Gesetz: Wenn ich Gruppensex habe, bin ich der einzige Mann! Platz für einen zweiten Mann gibt es dabei nicht. Und die Frauen, mit denen ich es treibe, müssen hübsch und geil sein. Sexhungrig und offen für alles.

Wenn meine geschätzte Frau Andrea von meiner Dreier-Leidenschaft wüsste, würde sie mich umbringen. Nun ja, einmal hat sie ja selbst mitgemacht, mit der süßen Lena. Dieser ganz besondere Dreier wird ausführlich im Werk behandelt und erhält als Abschlusskapitel den Ehrenplatz. Aber sonst bin ich für Andrea ein liebender, treuer und einfach der perfekte Ehemann und Partner. Bin ich ja auch, bis auf das mit der Treue …

Lassen Sie sich eines versichern: Wenn Sie bisher noch keinen Dreier mit 2 Frauen erlebt haben, Sie Armer, dann haben Sie wirklich etwas Ultimatives verpasst!

ISBN 978-3-7528-3132-0
Books on Demand

Buch-Tipps vom Womanizer

The Womanizer
Geile 18
Jung, Schön, Sexy & Versaut

Die Zahl 18 ist eine magische, denn sie beschreibt die Eigenschaften, die mir an Frauen wichtig sind: Jung, Schön, Sexy & Versaut! Ich spreche von Göttinnen, die soeben die Grenze vom Mädchen zur Frau überschritten haben und sich in einem überaus reizvollen Alter befinden.

Wenn ein Mädchen endlich volljährig wird, steht sie mir offen. Yeah! Ihre süßen, noch mädchenhaften Rundungen, ihr straffer, faltenfreier Körper, ihr naiver, unschuldiger Blick – all das verführt mich ungemein. Noch mehr verführen mich die 18-jährigen Luder, die es darauf anlegen. Die um Analsex betteln, Fesselspiele beherrschen, Sperma genüsslich schlucken und genau wissen, wie sie mich genial befriedigen können. Die mit 18 bereits alle Tabus abgelegt haben, um im Bett ihre und meine Erfüllung zu erleben.

Als Mann Ende 30, mit der tollen Andrea verheiratet und Vater zweier wundervoller Kinder, als renommierter Produzent und Gutverdiener, ist es mir eine Ehre, auch heute noch mir das zu holen, was ich will. Sexuell. In meinem Leben habe ich bereits über 1.500 Frauen im Bett gehabt, davon waren sicher 100 dabei, die Sweet Little Eighteen waren.

Aufgrund großer Nachfrage habe ich meine besten sexuellen Erlebnisse mit 18-jährigen Girls zusammengestellt. Und dabei festgestellt: Ein Buch reicht dafür nicht aus! Daher kündige ich jetzt schon eine Fortsetzung dieses Werkes an.

ISBN 978-3-7528-8060-1
Books on Demand

Buch-Tipps vom Womanizer

The Womanizer
Supergeile 18
So Jung, Schön, Sexy & Versaut

18 ist eine magische Zahl, denn sie beschreibt die Eigenschaften, die mir an Frauen wichtig sind: So Jung, Schön, Sexy & Versaut! Die Rede ist von Göttinnen, die soeben die Grenze vom Mädchen zur Frau überschritten haben und sich in einem überaus reizvollen Alter befinden.

Wenn ein Mädchen endlich volljährig wird, steht sie mir offen. Yeah! Ihre süßen, noch mädchenhaften Rundungen, ihr straffer, faltenfreier Körper, ihr naiver, unschuldiger Blick – all das verführt mich ungemein. Noch mehr verführen mich die 18-jährigen Luder, die es darauf anlegen. Die um Analsex betteln, das Fesselspiel beherrschen, Sperma schlucken und genau wissen, wie sie mich befriedigen können. Die mit 18 bereits alle Tabus abgelegt haben, um im Bett ihre und meine Erfüllung zu erleben.

Als Mann Ende 30, mit der tollen Andrea verheiratet und Vater zweier wundervoller Kinder, als renommierter TV-Produzent und Gutverdiener, ist es mir eine Ehre, auch heute noch mir das zu holen, was ich möchte. Sexuell. In meinem Leben habe ich bereits über 1.500 Frauen im Bett gehabt, davon waren sicher 100 dabei, die Sweet Little Eighteen waren.

Aufgrund großer Nachfrage habe ich meine besten sexuellen Erlebnisse mit 18-jährigen Girls zusammengestellt. Und festgestellt: Ein Buch reicht dafür nicht aus! Dies ist Teil 2, die Fortsetzung von „Geile 18"! Auf geht's in einen supergeilen Liebesstrudel, denn sie sind So Jung, Schön, Sexy & Versaut!

ISBN 978-3-7528-2472-8
Books on Demand

Buch-Tipps vom Womanizer

The Womanizer
Meine aufregendsten One Night Stand
Frauen, die ich nie vergessen werde

SEX ist mein Leben! Über 1.500 Ladies zwischen 18 und 50 habe ich bisher im Bett gehabt. Als liebevolle Mutter meiner Kinder ist meine langjährige Partnerin und Ehefrau Andrea immer noch meine absolute Traumfrau, der Sex mit ihr ist toll.

Dennoch, glücklich in Beziehung und erfolgreich im Beruf, wie ich es bin, brauche ich die Abwechslung im Bett, damit meine ich nicht die Bettwäsche, sondern Damen. One Night Stands sind ein probates Mittel, um unverbindlich und fröhlich sein Vergnügen zu erzielen. Viel einfacher als eine Affäre.

Ich bin Profi, was One Night Stands angeht. Zu viele habe ich schon erlebt und erlebe sie weiterhin, dass ich genau weiß, wie ich eine Frau, die ich geil finde, in mein Bett und von ihr Sex bekomme.

Für dieses Best of habe ich mich für die aufregendsten One Night Stands meines Lebens entschieden, mit Frauen, die ich niemals vergessen werde. Lassen Sie sich inspirieren von meinen Taten, tauchen Sie ein in den Körper des Womanizers, und ab geht die Bett-Post!

ISBN 978-3-7528-4102-2
Books on Demand

Buch-Tipps vom Womanizer

The Womanizer
Meine aufregendsten One Night Stand 2
Frauen, die ich niemals vergesse

SEX ist mein Leben!! Über 1.500 Ladies zwischen 18 und 50 habe ich bisher in meinem Bett gehabt. Als liebevolle Mutter meiner beiden Kinder ist meine langjährige Partnerin Andrea immer noch meine absolute Traumfrau.

Dennoch, glücklich in Beziehung und erfolgreich im Beruf, wie ich es bin, brauche ich ständige Abwechslung im Bett, und damit meine ich nicht Bettwäsche, sondern Damen. ONS, One Night Stands, sind ein probates Mittel, um unverbindlich sein Vergnügen zu erzielen. Viel einfacher als eine Affäre.

Ich bin Profi, was One Night Stands angeht. Zu viele habe ich schon erlebt, dass ich genau weiß, wie ich eine Frau, die ich geil finde, ins Bett und von ihr Sex bekomme.

Für dieses Best of habe ich mich für die aufregendsten ONS meines Lebens entschieden, mit Frauen, die ich niemals vergesse. Ich wünsche Ihnen viel Freude mit meinen allergeilsten One Night Stands Teil 2!

ISBN 978-3-7460-4936-6
Books on Demand

Buch-Tipps vom Womanizer

The Womanizer
In MILF Paradise
Extravagante sexuelle Erlebnisse mit scharfen Müttern

MILF (Mothers I´d like to fuck) sind etwas Exklusives, denn sie sind sexy, rattenscharf und geil. Ich habe in meinem Leben bereits über 1.500 Frauen im Bett gehabt, Dutzende waren horny MILF. Viele davon verheiratet, einige Single. Die jüngste MILF war 18, die älteste 47.

In diesem Werk habe ich meine extravagantesten sexuellen Erlebnisse mit ebendiesen lasziven Müttern und Kindshüterinnen zusammengestellt. Meine Frau Andrea ist nach wie vor unwissend meines wilden Treibens. Ihr bin ich der perfekte Gatte und liebevolle Vater unserer 2 Kinder. Doch so sehr ich meine Frau liebe, treu sein kann und will ich ihr einfach nicht.

Das Projekt „In MILF Paradise" entstand durch mein sensationelles Erlebnis mit Kollegin Nina, 23-jährige Mutter des kleinen Anton (2). Nina war der helle Wahnsinn! Ihr gebührt daher auch der Startplatz. Freuen Sie sich auf meine geilsten Affären mit MILF-Mothers, die auch Sie ficken würden. Ich wünsche Ihnen viel Freude und Anregung beim Studieren und Lesen!

ISBN 978-3-7481-9116-2
Books on Demand

Buch-Tipps vom Womanizer

The Womanizer
Besiegt, Erobert & Geliebt
Wie ich Frauen über Wetten zum Sex bekomme

„Wetten, dass..?" – Wer kennt sie nicht, die einzigartige ZDF-Samstagabendshow, die knapp 35 Jahre lang die Welt erfüllte. Spektakuläre Wetten wurden durchgeführt. Wetten spielen auch in my life eine große Rolle. Ich wette sehr gerne! Weil ich dadurch schon viele Frauen rumbekommen habe.

In vorliegendem Werk habe ich meine heißesten Sexgeschichten zusammengestellt, die ich mir erspielt habe. „Besiegt, Erobert & Geliebt" lautet diesmal das Motto. In der Regel bekomme ich Frauen so. Über 1.500 habe ich bereits im Bett gehabt, bald knacke ich die 2.000. Einige von ihnen musste ich aber ein wenig überzeugen, um es mit mir zu tun. Und hier kommen die Wetten ins Spiel.

Man muss Frauen nur eine reizvolle Wette anbieten, mit einem Gewinn für sie. Man muss sie auch am Ego packen. 7 geniale „Besiegt, Erobert & Geliebt"-Erlebnisse warten hier auf Sie. Sie sollen Sie inspirieren und Ihnen zeigen, welche Tricks mir halfen, die Nuss doch noch zu knacken.

ISBN 978-3-7528-9408-0
Books on Demand

Buch-Tipps vom Womanizer

The Womanizer
Meine wildesten Sex-Erlebnisse
Wenn Träume Wirklichkeit sind

Der Womanizer ist back, mit seinen wildesten Sex-Erlebnissen im Gepäck. Wir blicken auf Highlights meiner Laufbahn. Yasmin, die als Teenager in mich verliebt war. Gut 20 Jahre später kommt es zur sexuellen Reunion.

In Irland hatte ich in 14 Tagen 3 Frauen. Meine Gattin Andrea war früher auch nicht ohne: Was ich in ihrer „Magic Box" fand, war brisantes Sex-Material. Ich interessierte mich für die Nutte Agnes, doch es kam alles ganz anders. Tinder-Fick: Janka war eine krasse Lady mit krassen Vorlieben. Und was ich mit meiner älteren Schwester erlebt habe, sollte ich besser für mich behalten.

Ich bin Fan von sinnlichen, erotischen Massagen. So gerne lasse ich mir dort meine Palme wedeln. Als Blue Man Sex zu haben, wer kann das schon behaupten? Dann darf die 19-jährige süße Quirina nicht fehlen, Tochter meines Ex-Chefs. Es sind 112 Seiten Erotik und wilde Sex-Erlebnisse, die Dich anregen sollen, es mir gleich zu tun. Live sex and enjoy life!

ISBN 978-3-7494-5255-2
Books on Demand